目錄

公主傳奇 之 ⑳

未來世界的公主

馬翠蘿 著　靛 圖

新雅文化事業有限公司

www.sunya.com.hk

公主傳奇

未來世界的公主

作　　者：馬翠蘿

繪　　畫：骹

策　　劃：甄艷慈

責任編輯：周詩韵

美術設計：李成宇

出　　版：新雅文化事業有限公司

　　　　　香港英皇道499號北角工業大廈18樓

　　　　　電話：(852) 2138 7998

　　　　　傳真：(852) 2597 4003

　　　　　網址：http://www.sunya.com.hk

　　　　　電郵：marketing@sunya.com.hk

發　　行：香港聯合書刊物流有限公司

　　　　　香港新界大埔汀麗路 36 號中華商務印刷大廈 3 字樓

　　　　　電話：(852) 2150 2100

　　　　　傳真：(852) 2407 3062

　　　　　電郵：info@suplogistics.com.hk

印　　刷：中華商務彩色印刷有限公司

　　　　　香港新界大埔汀麗路 36 號

版　　次：二〇一七年四月初版

　　　　　10 9 8 7 6 5 4 3 2 1

ISBN：978-962-08-6752-1

第 1 章　刁蠻公主來了

「小嵐姐姐小嵐姐姐!」曉星風風火火地從外面跑進了書房。

小嵐和曉晴剛做完功課正在收拾東西,聽到曉星的喊聲,都不約而同抬起頭來看他。

曉星氣喘吁吁地說:「那、那個叫做海倫的刁蠻公主來了!」

「海倫來了?」小嵐有點失神,她想起了前兩天萬卡跟她說準備跟海倫訂婚的事。

海倫是丹參國女王的孫女,也是烏莎努爾萬卡國王的表妹。海倫喜歡萬卡很久了。

「我剛才見到她下車的,她叫人把行李拿到萬卡哥哥住的帝明苑,然後又上了車,讓司機把她送到皇家醫院,看望住院的萬卡哥哥。」

「上次萬卡哥哥不是明確跟她說了,跟她沒可能的嗎?她臉皮真厚,怎麼又跑來了!難道她還不死心?」曉晴黑着臉,「啪」的一下把書包重重地放在桌子上。

「不行,我們要阻止她!萬卡哥哥是小嵐姐姐的,是我們的!」曉星揑揑拳頭。

「對!」曉晴難得跟弟弟意見一致。

5

　　小嵐沒作聲，把背囊往肩上一掛，往自己房間去了。

　　曉晴追上去，説：「小嵐，我們現在就去皇家醫院吧，我們不能讓海倫得逞！」

　　曉星應聲説：「對，不能讓她得逞！」

　　小嵐任他們吱吱喳喳地説着，一直沒吭聲，回到自己房間放下書包，就打開了電視機。

　　曉晴一屁股坐在小嵐身邊，不滿地説：「小嵐，你好大方啊！你不怕海倫搶走萬卡哥哥嗎？難道你已經不喜歡萬卡哥哥了？」

　　小嵐沒理她，拿着遙控器不斷地轉台。

　　曉星「砰」的一下坐到小嵐的另一邊，搖着小嵐的手説：「小嵐姐姐，你理睬我們一下好嗎？我們不想萬卡哥哥跟海倫在一起，我們要萬卡哥哥和你在一起！」

　　小嵐還是沒作聲。

　　曉晴皺着眉頭看着小嵐，説：「小嵐，你是不是和萬卡哥哥發生了什麼事？我發現你前天從醫院回來後，就開始不對勁了。昨晚還説不舒服，破天荒地沒去醫院看萬卡哥哥。」

　　「你們好煩！」小嵐把遙控器扔到面前的茶几上，皺着眉頭説，「萬卡哥哥前天親口告訴我，他……他準備和海倫訂婚了。」

「你説什麼？!」曉晴和曉星驚叫起來。

小嵐盡量讓自己聲音平靜點：「萬卡哥哥説，他現在身體不好，眼睛又看不見了，恐怕一些覬覦烏莎努爾的國家會趁機來犯。為了國家安全，他要和海倫訂婚，跟丹參國結盟，打消那些國家的念頭。」

「不會啦！」曉晴大聲説，「萬卡哥哥不是這樣的人。一定是海倫耍的陰謀詭計。她喜歡萬卡哥哥，上次就讓姨婆逼你離開烏莎努爾，離開萬卡哥哥。現在她見到萬卡哥哥身體不好，國內需要支持，所以又蠢蠢欲動，哄萬卡哥哥跟她好！」

曉星猛點頭：「是呀是呀，一定是海倫搞的鬼。小嵐姐姐，我們快去醫院吧！我們要把萬卡哥哥從海倫的魔爪裏搶回來。」

7

「去去去！」曉晴和曉星不管三七二十一，一人抓着小嵐一隻手就往外走。

「好啦好啦，去就去！反正我也打算做完功課就去看萬卡哥哥的。」小嵐使勁甩開了曉晴和曉星的手。

「等一等！」曉星十萬火急地跑回了自己房間。

一會兒，曉星抱着小香豬笨笨跑了回來。他一臉的得意：「海倫最怕小動物了，我把笨笨帶去，嚇走她。」

三個人一隻豬坐車很快到了皇家醫院，又去了萬卡留醫的專用樓層。

不知是因為害怕見到萬卡，還是因為怕見到海倫和萬卡在一起，小嵐的腳步變得猶豫了。

「小嵐姐姐，快走啊！」曉星在後面推着，把小嵐推到了萬卡的病房前。

病房的門半開着，可以見到萬卡正在吃飯。一張小桌子架在牀上，桌子上擺着幾碟菜，萬卡低着頭，正往嘴裏扒飯。而在他身旁，海倫一臉溫柔的，正用紙巾替他擦着嘴角。

小嵐愣住了，曉晴和曉星生氣了，曉星把小香豬往地上一放，説了聲：「笨笨，上！」

笨笨雖然眼睛小小，但早就看到了坐在那裏的海倫，並認出了她就是不久前踢了自己一腳的丹參國公主。有仇不報枉為豬啊，笨笨毫不猶豫地邁動小粗腿跑進了病房，跑到了海倫跟前，用爪子去抓她的腳。

「媽呀！」海倫尖叫一聲，跳上了椅子。

笨笨可一點沒打算放過她，牠也跳上了椅子，繼續朝海倫出爪。牠可是有小心眼的，這張椅子是給小嵐姐姐坐的，你海倫不能坐，也不能站。

「哇……」海倫嚇得跳下椅子，跑到了萬卡身邊，「萬卡哥哥，那笨小豬欺負我！」

8

「笨笨，別淘氣！」萬卡皺着眉頭喊了一聲。

笨笨跑回曉星身邊，又朝海倫齜了齜小尖牙，嚇得海倫一哆嗦。海倫朝萬卡撒嬌説：「萬卡哥哥，你看，那小蠢豬嚇唬我！萬卡哥哥，你替我教訓牠！」

「笨笨！」萬卡聲音有點嚴厲。

笨笨看了萬卡一眼，委屈地低下頭，萬卡哥哥怎麼啦，竟然為了這個刁蠻公主責備我可愛的小豬豬。

小嵐見了心裏很不舒服，她很想轉身就走，但還是忍不住關心地問：「萬卡哥哥，你今天感覺怎樣？」

萬卡把頭轉向小嵐，小嵐發現，他的神情很冷漠。這還是那個如春風般溫暖的萬卡哥哥嗎？

「還不錯。有心了。」萬卡説完又把頭轉回去，對着身旁的海倫説，「表妹，我想吃蘋果。」

「好，我馬上給你削。」海倫看了看笨笨，又扭了扭身子，説，「萬卡哥哥，那小蠢豬朝我齜牙，我要你幫我趕走牠！」

小嵐和曉晴曉星三人的目光同時「刷」地落到海倫臉上，嚇得海倫又打了個哆嗦。

小嵐又看向萬卡，心想，萬卡哥哥不會趕笨笨走的，萬卡哥哥很喜歡笨笨的呀！

沒想到，萬卡用命令的口吻説：「你們帶笨笨走。馬上！」

小嵐和曉晴曉星，還有笨笨，都愣住了，萬卡哥哥以前從不會用這樣的口氣跟他們說話的。

　　海倫這時可得意了，萬卡表哥明顯向着自己啊！

　　其實自從女王奶奶認回萬卡後，海倫就喜歡上這個英俊瀟灑又聰明睿智的國王表哥了，可惜表哥喜歡小嵐，這讓她一直不開心。知道表哥受傷了，她就哭着喊着要來烏莎努爾看表哥，可惜被她的女王奶奶嚴厲地制止了，奶奶說決不容許她去影響萬卡跟小嵐的感情。

　　海倫以為自己再也見不到表哥了，沒想到事情發生變化。奶奶昨晚從烏莎努爾打電話給她，說自己急着要回國處理一些緊急國務，叫她馬上坐飛機來照顧萬卡。海倫一接到電話，就立即收拾行李，坐最早的班機來烏莎努爾了。

11

　　其實女王之所以改變主意，叫海倫來照顧萬卡，是有點小私心的。她雖然知道萬卡說與海倫訂婚只是做戲，是不想連累小嵐，想小嵐因此離開，並非真的要接納海倫，但她心裏還是希望萬卡在海倫的照顧下慢慢產生感情。女王實在喜歡這個外甥孫子，也希望自己的孫女海倫得到幸福。所以才有了海倫來照顧萬卡的事。

　　這時萬卡又說：「小嵐，你為什麼還不回香港？我不是讓你去真善美大學念書嗎？你趕快回去吧，那裏有你的親人。還有，你不用來看我了，海倫會把我照顧

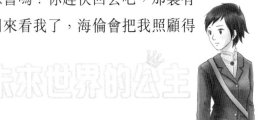

很好的。」

萬卡的話，讓小嵐冷到了骨子裏，她猛地一轉身，大步走了。

「萬卡哥哥，你怎麼啦？你竟然要趕小嵐走！」曉晴跺了一下腳，轉身去追小嵐了。

曉星抱起笨笨，傷心地說：「萬卡哥哥，我不想理你了！」

曉星說完，也轉身走了。

小嵐和曉晴曉星都不知道，他們離開後萬卡臉上的表情是那樣的難過。

海倫是唯一高興的人，她臉上早已笑成了一朵花。走吧走吧，以後都不要出現最好，那萬卡哥哥就屬於我一個人了。

第 2 章　公主不要走

回嫣明苑的路上，小嵐努力裝得若無其事的樣子，但眼裏蒙着的那層水氣卻把她出賣了。她只是忍着不讓眼淚流出來。

曉晴和曉星從沒見過她這樣子，但又不知說些什麼好，只好默默地陪着她走。一直到了嫣明苑，小嵐扭頭看了看他們，說：「別跟着我，我想一個人靜一靜。」說完就徑自走進了自己的房間。

曉晴兩姐弟沒辦法，只好歎着氣各自回房去了。

嫣明苑的管家瑪婭見到小嵐回來，忙躬了躬身，說：「公主回來啦！」

「嗯。」小嵐應了一聲，垂着眼睛走進了自己的小書房。

瑪婭知道小嵐喜歡光線充足的環境，忙把書房落地窗的窗簾拉開，讓陽光撒進來。小嵐默默地坐到窗前那張躺椅上，看着外面花園的景色發呆。

瑪婭看了看小嵐，她發覺公主這兩天總是快快不樂的，心情很糟糕，但她又不敢問，只是心裏暗暗着急。她見到小嵐嘴唇發乾，便按鈴輕聲吩咐宮女送杯橙汁過來。

忽然聽到小嵐說話：「瑪婭，替我訂張明天去香港的機票。」

「啊，去香港？」瑪婭有點奇怪，「公主，現在又不是放假，您怎麼突然想到要回香港？打算玩幾天？」

小嵐臉無表情地說：「我不是去香港玩，我要走了，離開烏莎努爾了。」

「什麼？」瑪婭大吃一驚，「公主，您為什麼要離開，您說的是真的？」

小嵐點點頭：「嗯。瑪婭，謝謝你對我的照顧。有空來香港，我帶你去玩。」

小宮女古拉端着橙汁進來，聽到了小嵐和瑪婭的對話，大吃一驚。她把橙汁往茶几上一放，「砰」的一聲跪了下來，哭着道：「不，公主您不要走！我們捨不得您！」

古拉的父親不久前患了重病，西醫認為無藥可醫，小嵐千里迢迢從中國請來了一位著名老中醫，用中國古老療法把她父親從死亡邊緣救了回來。從那時起，古拉就立下決心，一輩子侍候公主，報答公主恩情。

多好的公主啊，怎捨得她離開！

小嵐把古拉扶了起來，又拿紙巾替她擦眼淚。說：「天下沒有不散的筵席，我總要離開的。香港才是我真正的家。」

「嗚嗚嗚，那我跟您回香港，繼續侍候您！」古拉懇求説。

「不行！」小嵐一口拒絕了，「你爸爸媽媽需要你照顧呢，你想做不孝的孩子嗎？」

她又對瑪婭説：「你帶古拉去洗把臉，然後給我訂機票，晚了怕訂不到。」

瑪婭心裏着急，她應了一聲，把古拉帶了出去。好言安撫過古拉讓她離開之後，便打了個電話給萬卡國王。

「喂。」電話那頭來了國王秘書西門的聲音。

瑪婭着急地説：「西門先生嗎？我是瑪婭，我有急事想找國王。」

西門有點猶豫：「什麼事？國王正在休息。」

瑪婭提高了聲音：「很急的事，關係到公主殿下的，求您馬上請國王接聽。」

西門一聽是有關小嵐公主的事，連忙説：「你稍等，我馬上告訴國王。」

不一會兒，電話裏傳來了萬卡國王急促的聲音：「瑪婭，小嵐出什麼事了？」

瑪婭説：「國王陛下，公主這兩天不知為什麼很不開心，她剛剛吩咐我替她訂明天回香港的機票，説要離開烏莎努爾了。」

國王隔了好一會兒才說話：「好，那你給她訂吧！叫她一路小心。」

「啊！這、這……」瑪婭被國王的態度弄糊塗了，公主殿下要走了，怎麼國王一點不着急？記得上次小嵐被女王趕走時萬卡那焦急的樣子，他當時是放下了手裏工作，追到機場，追到飛機上，把小嵐追了回來的。

「國王殿下……」瑪婭還想說些什麼，但發現對方已經掛斷電話。

瑪婭有點失魂落魄的，怎麼會這樣，國王和公主之間發生什麼事了？

瑪婭愣了一會兒，又急急忙忙地跑去找曉晴曉星。

曉晴正在房間裏和曉星說話，他們都很擔心小嵐，正在商量怎樣趕海倫走，好把萬卡哥哥搶回來。見到一向穩重的瑪婭氣急敗壞地跑來，都驚訝地看着她。

「曉晴小姐，曉星少爺，公主究竟發生了什麼事，她為什麼突然要回香港？」

「啊，她真的要走啊！」聽到這消息，曉晴和曉星都嚇了一跳。

曉星忙拿出手機，說：「我得馬上告訴萬卡哥哥。」

瑪婭垂頭喪氣地說：「不用打了，我已經打過

了。」

曉晴忙問：「萬卡哥哥怎麼説，他有沒有馬上打電話給小嵐。」

瑪婭搖搖頭，難受地説：「國王讓我給公主訂機票。」

「啊！」曉晴和曉星面面相覷，沒想到萬卡哥哥真的要趕小嵐走，萬卡哥哥真的變了。

曉晴和曉星騰地站起來，不約而同跑去找小嵐了。

小嵐仍坐在落地窗前發呆。

「小嵐！」

「小嵐姐姐！」

曉晴和曉星跑到小嵐身邊，一人拉着小嵐一隻手。他們知道，小嵐這時一定很難過。

曉星説：「小嵐姐姐，萬卡哥哥變了，但我們沒變，我們永遠是你的好朋友！我們永遠支持你！」

曉晴説：「小嵐，如果你決定回香港，我跟你一起走！」

曉星點點頭：「嗯，我也是！」

「謝謝！」看到兩個自小一起長大的好朋友，小嵐蒼白的臉上露出了笑容。

「瑪婭，馬上訂票，三張，單程，回香港！」小嵐用從沒有過的決絕口吻，吩咐站在一邊的瑪婭。

「是，公主。」瑪婭見無法挽回，只好無奈地應了一聲。她隱隱地覺得，小嵐這一走，恐怕再也不會回來了。

正在這時，十幾個小宮女跑了進來，一邊跑一邊喊：「公主不要走，公主不要走！」

原來古拉把小嵐準備回香港的事告訴她們了，她們都很捨不得，所以全都跑來了。

「公主，你不要走好不好？」古拉扁着嘴，話沒說完又哭了。其他宮女見了，也都哭得稀里嘩啦的。連一向成熟穩重的瑪婭，也都忍不住偷偷擦眼淚。

這一來，把曉晴曉星也惹哭了。小嵐手忙腳亂的，不知道勸誰好，結果她也哭起來了，一時間嫣明苑裏哭聲震天。

不管小宮女們怎樣依依不捨，小嵐都鐵了心要走了。她命令瑪婭馬上訂票，要明天的，時間越早越好。瑪婭無奈打電話訂了票，是第二天早上九點五十二分的。

小嵐一夜沒睡好，她心裏好難過。其實，她愛烏莎努爾，愛善良的烏莎努爾人民，愛身邊這幫機靈活潑、有點小八卦的宮女，她已經把烏莎努爾當成了自己的第二個故鄉，第二個家。但是，她最喜歡的萬卡哥哥變了，變得冷酷無情，要趕她走，她不得不離開。

天剛亮，她就起來了。行李已經收拾好，只有一個

小小的行李箱和一個背囊。衣櫃裏許多漂亮的衣服，她一件沒帶走；抽屜裏無數名貴的首飾，她也沒拿，因為這些都不是她最珍惜的東西。最珍惜的東西已經不屬於自己了，其他的，對她來說一點不重要。

這時有人在外面敲門，瑪婭喊了一聲：「公主，我是瑪婭，來侍候您梳洗。」

小嵐拉開臥室的門，皺皺眉頭說：「瑪婭，你怎麼啦？我從來不用別人侍候梳洗。」

瑪婭朝小嵐躬了躬身子，低着頭小聲說道：「公主，求您了，就讓我盡最後一點心意吧！」

小嵐喉嚨有點發緊，她輕輕歎了口氣：「進來吧！瑪婭，謝謝你！」

瑪婭侍候小嵐梳洗畢，曉晴曉星還有小豬笨笨就來了，曉晴曉星都帶着黑眼圈，顯然昨晚也沒睡好。小嵐知道他們跟自己一樣心裏難受，便拍拍曉晴的肩，又摸摸曉星的頭，以表示安慰，然後說：「吃早餐去吧！」

小嵐領頭，走向他們平日三人吃飯用的小餐廳，這時瑪婭急急走過來，攔住小嵐，說：「公主殿下，今天的早餐安排在大餐廳。」

小嵐看了瑪婭一眼，心想，大餐廳是有客人來時才會使用的，今天怎麼把早餐安排在那裏了。不過她也沒深究，大餐廳就大餐廳吧，沒關係。

19

瑪婭在前面引路，把小嵐三人帶到了位於嫣明苑另一側的大餐廳。

剛轉入通往大餐廳的走廊，小嵐三人便感到十分訝異，怎麼當值的和不當值的嫣明苑宮女全都來了，十八個人分成兩排，站在餐廳門口兩邊，見到小嵐走來，一齊鞠躬行禮：「小嵐公主早安！」

小嵐回了一句：「早安！」然後走進了大餐廳。

走入餐廳，小嵐和曉晴曉星更是嚇了一跳，只見那張可以坐幾十人的長方型餐桌上，擺了一桌子的各式早點，別說是他們三個人，就是幾十人也吃不完啊！

小嵐回頭問：「瑪婭，怎麼回事？」

瑪婭說：「回公主，是姐妹們的一點心意。她們每個人都很用心地做了自己最拿手的點心，給公主，還有曉晴小姐曉星少爺餞行。」

小嵐眼睛紅了，曉晴和曉星眼睛也紅了，真沒想到，在他們離開烏莎努爾的時候，不但萬卡沒有送行，連萊爾首相、賓羅大臣等平時要好的長輩，還有利安、妮娃等好朋友也不見人，反而是這班身分低微的小宮女，捧出了一顆顆赤熱的心。

小嵐聲音有點哽咽，她說：「謝謝你們，東西太多了。來，都坐下吧！我們像朋友和家人一樣，坐一起吃頓早餐。」

瑪婭嚇了一跳，她拼命擺手，其他宮女也拼命搖頭，皇宮裏是有規矩的，怎可以和尊貴的公主坐在一起吃飯！

　　「我以公主的名義下令，這一刻，沒有什麼公主和宮女，只有家人和朋友。我們像一家人一樣，坐下來吃一頓開心早餐！」小嵐看看瑪婭，説，「瑪婭，你帶頭。」

　　瑪婭知道小嵐的脾氣，她微微鞠躬，説：「是！」

　　於是，在小嵐和曉晴曉星落座後，瑪婭也坐到了桌前，接着，是古拉，還有其他小宮女。二十幾人，熱熱鬧鬧地圍坐在長形餐桌前。

　　小宮女們都很激動，這裏是公主招待朋友和王公貴族吃飯的地方，她們從來只有站一邊倒茶捧菜、侍候主人和客人吃飯的資格，沒想到今天可以堂堂正正地坐到桌子前，和尊貴的公主一起吃早餐。不管過去多少年，這都將是她們生命中最難忘的事！

　　接下來，二十多個青春少女，加上一個曉星少男，吃了一頓熱熱鬧鬧、開開心心的早餐，把離別的惆悵都拋到九霄雲外去了。

第 3 章　萬卡病危

　　烏莎努爾國際機場，小嵐和曉晴曉星確認了機位，又托運了行李，看看離登機時間還有半個小時，便在候機室坐下等候。

　　大家心情都不好，也沒心情聊天，三個人不約而同拿出手機，低頭玩起遊戲來。

　　曉星發現附近有一隻精靈，便拿着手機去找，不小心撞到一個人身上。

　　「對不……」道歉的話還沒說完，曉星就驚喜地喊了起來，「賓羅伯伯！」

　　原來，他撞到的正是跟小嵐三人很要好的烏莎努爾外交大臣賓羅。當初，就是賓羅大臣把小嵐帶到烏莎努爾來的。

　　「呵呵，是曉星啊！我還怕你們已經登機了呢！」一臉慈祥的賓羅伯伯，笑呵呵地摸着曉星的腦袋，「小嵐公主呢？」

　　「在那邊。」曉星拉着賓羅伯伯的手，把他帶到小嵐和曉晴面前，「小嵐姐姐，賓羅伯伯來了！」

　　小嵐急忙站起來，驚喜地說：「賓羅伯伯，您好！」

小嵐一向很尊敬這位睿智又善良的大臣，在他面前從來都不以公主身分自居，都是像對長輩那樣給予尊重。

　　「小嵐啊，別怪大家沒有人情味，因為大家都不知道你們要走的事，我也是剛剛知道，是國王的秘書西門悄悄通知了我。」賓羅慈愛的眼神看着小嵐，「西門沒詳細講，我也不知道你和國王之間發生了什麼事，但我相信國王的為人，他是絕對不會做傷害你的事的。」

　　聽了賓羅大臣的話，小嵐有點發怔。她本來也不相信萬卡哥哥會傷害自己，但擺在面前的事實就是，他要和海倫好，他要趕自己走。

　　小嵐決定不再多想，她對賓羅大臣說：「賓羅伯伯，謝謝您來送我，我沒事的。香港本來就是我自小成長的地方，那裏有我的爸爸媽媽，有我的家。我現在只不過是回家罷了。伯伯，有時間歡迎來香港，我和曉晴曉星永遠是您的好朋友。」

　　「嗯嗯嗯。」曉晴和曉星猛點頭。

　　廣播器在通知往香港的航班可以登機了，大家和賓羅大臣擁抱道別，然後走向登機口。賓羅站在那裏看着他們的背影，不捨地朝他們揮手。

　　走着走着，小嵐停住腳步，轉頭回望，心裏默默地說，永別了，萬卡哥哥，永別了，烏莎努爾。

小嵐長長地吁了一口氣，正想快步離去，突然，口袋裏的手機響了起來。小嵐停住腳步，從手袋拿出手機。跟在她後面的曉晴姐弟也停下來等她。

　　還沒等小嵐出聲，電話那頭便響起了西門焦急的聲音：「小嵐公主，快、快回來，國王病危！」

　　「啊！」小嵐如雷轟頂，她愣了愣，轉身便跑。

　　曉星和曉晴不知發生了什麼事，也只好跟在後面跑，邊跑邊問：

　　「發生什麼事了？」

　　小嵐氣喘吁吁地說：「萬卡哥哥病危！」

　　曉晴曉星大驚。三個人跑出機場大堂，跑去大門口，登上一部計程車，火速馳往皇家醫院。

25

　　賓羅大臣遠遠見到小嵐三人離開登機口，匆匆忙忙地離開機場，便馬上想到是否國王出了什麼事，於是也趕緊去停車場上了自己的車子，往皇家醫院去了。

　　小嵐到了皇家醫院大門口，留下曉晴曉星給車資，自己就急急地跑進了醫院。遠遠見到急救室門口站着五六名烏莎努爾的重要大臣，他們正圍着一名穿白大褂的老醫生在說着什麼，每個人臉上都帶着焦慮的神情。

　　小嵐發現那位老醫生正是皇家醫院的院長，便急急地走了過去，大臣們見是小嵐，便都自動讓開一條路。

小嵐走到老院長身邊，着急地問：「院長伯伯，國王發生什麼事？」

老院長一臉凝重：「國王半小時前突然陷入昏迷。經檢查，發現他身上帶有嚴重的輻射。」

「嚴重的輻射，怎會這樣？」小嵐急得心跳加速，「之前不是說，國王除了眼睛失明，身體沒其他毛病的嗎？怎麼現在才發現得了輻射病。」

老院長歎了口氣：「我們也不明白。國王陛下出事時，我們曾經很仔細地替他檢查過身體，除了身上的外傷，還有眼睛的傷，他的身體的確是沒有其他問題，沒想到現在出現了非常嚴重的輻射病症狀。國王陛下受到的輻射，無疑是那場跟外星人的戰鬥有關，至於為什麼當時沒有任何症狀，連最精密的儀器也沒能檢測出來，這點我們都很困惑。」

這時曉晴和曉星到了，曉星聽見萬卡哥哥得了輻射病，急壞了：「院長伯伯，嚴重輻射病會有什麼後果？有生命危險嗎？」

這時所有人的目光都盯着老院長，他們也關心這事啊！

老院長看了看大家，語氣異常沉重：「一般微量的輻射不會有生命危險，但國王攝入的輻射量很大，按以往病例，這類病人只能生存一個月。」

「啊！」老院長的話就像晴天霹靂一樣，轟得每個人心驚膽戰。

只能生存一個月?! 萬卡國王是大半個月前受到輻射的，那豈不是說，他的生命只能再維持一個星期左右？

小嵐臉色霎時變得慘白，她一把抓住老院長的胳膊：「院長，請您無論如何要救萬卡哥哥！」

老院長歎了口氣：「公主殿下，請原諒。如果出事後馬上進行治療，會有轉機，但無奈國王攝入的這種輻射十分特殊，我們的儀器開始時竟然檢測不到，到現在出現問題已是太晚了。國王陛下現時身體多個器官衰竭，人也陷入重度昏迷……」

小嵐沒想到萬卡哥哥的病情這樣嚴重，她只覺得渾身發冷，像掉進了冰窟窿裏。

幾名大臣交換了一下驚駭的目光，一向波瀾不驚的萊爾首相氣急敗壞地說：「院長先生，什麼叫『太晚了』！我命令你，必須把國王救活！」

院長十分無奈：「首相大人，我也想救國王，但以我們現在的能力，真的沒辦法。」

賓羅大臣問道：「國王什麼時候會醒來？」

院長語氣沉重：「國王的身體機能以驚人的速度在衰退，他很可能再也醒不來。」

極度的恐慌在蔓延，大臣們你看看我，我看看你，

都感到無比的絕望。烏莎努爾怎可以沒了萬卡國王？天，真要塌下來了。

小嵐很快從極度驚慌中清醒過來，短短幾十秒時間，腦袋已經千迴百轉，緊張地考慮着救萬卡哥哥的方法。

「鈴——」曉星放在口袋裏的手機響了起來，他趕緊去掏，卻把一個黑色的扁平盒子掏了出來，那是他不知什麼時候放在口袋裏的時空器。

小嵐一看，突然眼睛一亮，曉星和曉晴也同時想到了什麼，三個人驚喜的眼光交織在一起。曉星大喊一聲：「有辦法了！」

「真有辦法？曉星，你快說！」萊爾首相像溺水時抓到了一條救命的樹枝。

曉星興奮地說：「以現在的醫學水平沒辦法救萬卡哥哥，不代表將來也沒辦法。我們可以把他送到科學發達的未來⋯⋯」

「送到未來？！」大家都愣愣地看着曉星，心想這小傢伙真是異想天開。

小嵐和曉晴曉星曾經多次穿越時空的事，除了他們三個當事人外，就只有萬卡知道。為了避免時空器引起一些別有用心的人的覬覦，他們決定保密。所以，當大臣們驟然聽到曉星說要把國王送到未來，都覺得不可思議。

賓羅大臣詫異地看着曉星：「你是說，把國王陛下

送到未來？」

曉星點點頭，説：「是的。」

大臣們面面相覷，這孩子真的腦子出毛病了。

能夠成為烏莎努爾的重要大臣，他們都是一些學識淵博、有着超常智慧的人，他們都清楚知道，雖然有國際著名科學家提出過時光之旅的可行性，認為人類有可能打開回到過去的大門和通向未來的捷徑，但這事始終只是停留在理論上，實際上從沒聽説有人做到過。

萊爾首相看看曉星，説：「曉星，你説帶國王穿越時空到未來治病，我想知道，你有時空機器嗎？」

「是呀是呀，電影裏穿越時空是要時空機的，你的時空機在哪裏？」

「是呀，我們並沒有時空機……」

看到大臣們一臉的不相信，小嵐突然明白，要他們接受真有穿越時空這回事，是太困難了。為了不多生枝節，她決定這事悄悄進行。於是，她拍拍曉星的腦袋，説：「唉，你真是糊塗了，竟然想些不切實際的事。」

眾大臣見到小嵐這樣説，紛紛點頭。他們都怕這幾個孩子因為方寸大亂，做出些古古怪怪的事，耽誤了國王的救治。

曉星不知道小嵐的想法，他可委屈了，喊道：「小

嵐姐姐，你不是也……唔唔唔……」

是曉晴一把摀住了他的嘴巴。

這時老院長說：「作為醫者，我們竟然對國王陛下的病束手無策，真是慚愧。我建議，如果國王情況繼續惡化，可以考慮人體冰凍技術。我們會加緊進行研究，爭取早日找到治療嚴重輻射病的方法，到時就給國王解凍治療。」

大家聽了都萬分難過，心理上無法接受這個做法，但也都不能不承認，這是沒辦法中的辦法了。

小嵐心中已有想法，所以顧不上想別的。想到自己和萬卡哥哥離開烏莎努爾後，一切就要交給這班大臣了，於是很隱晦地交託一番：「感謝各位在這非常時期裏作出的努力。接下來的日子，仍要靠大家齊心協力治理好烏莎努爾。拜託了！」

「請公主放心！」大臣們異口同聲說。

第 4 章　穿越五十年

　　大臣們都有很多工作要處理，所以小嵐請他們先回去了。

　　小嵐和曉晴曉星徵得老院長同意，進入特護病房看萬卡哥哥。他們突然想起了海倫，怎麼來了這麼長時間也沒見她出現。問問護士，原來海倫送她的奶奶，也就是萬卡的姨婆去機場，女王坐今天上午的航班回國。

　　三個人都鬆了一口氣。海倫不在最好，如果在的話，不管是她要阻撓萬卡哥哥去未來，還是她要跟着一起去，都是天大的麻煩。

　　病房裏很安靜，萬卡躺在病牀上，臉色蒼白得像一張紙，整個人虛弱得彷彿被風一吹都會飄走。

　　小嵐突然害怕起來，她慌慌張張地拿起萬卡的手，當感覺到他的脈搏仍在堅強地跳動時，才稍為放了點心。

　　萬卡哥哥，我不會讓你出事的，我一定要讓你活下來。

　　「萬卡哥哥好可憐哦，我們得趕快救他，讓他和以前一樣健康，一樣龍精虎猛的跟我們玩。小嵐姐姐，你剛才為什麼不許我説用穿越時空的方法，把萬卡哥哥帶

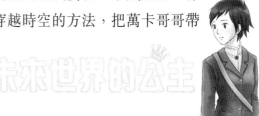

到未來治病呢？」曉星傷心地摸着萬卡的頭髮，這動作是以前萬卡常對他做的。

曉晴瞪弟弟一眼，說：「跟笨笨呆的時間長了，你真的好笨哦。」

曉星眨眨眼睛，說：「難道……難道小嵐姐姐剛才那樣做，是為了穩住那些叔叔伯伯？」

曉晴點點頭：「算你還剩了小小的聰明。」

曉星哼哼了幾聲：「才不是呢，我聰明大大的有。」

小嵐說：「別鬥嘴了，我們還是儘快行動，把萬卡哥哥送去未來。」

曉晴說：「但我們不知道嚴重的輻射病要多久後才有治。」

小嵐想了想，說：「去五十年後吧，我想五十年後肯定有辦法治癒了。」

曉星舉起手，說：「贊成，就聽小嵐姐姐的，去五十年後。」

曉晴說：「我們得帶些錢去。我想五十年後看病也得給錢吧。還有我們吃飯住宿也要花錢。」

小嵐想了想，說：「五十年後不知道還會不會仍然用現在的錢，不如我們帶些金首飾去。金子在任何年代都有價值，到時，我們可以把首飾賣了換錢。」

曉星又舉手：「贊成贊成！」

小嵐馬上打了個電話給瑪婭。瑪婭自小嵐他們離開嫣明苑去機場之後，心情很不好，正呆呆地坐在小嵐房間，回憶着小嵐在時，嫣明苑裏的開心氣氛，想着很可能以後都不再有了。正傷心時，沒想到接到小嵐電話。

「公主，您沒有走？您是不是不走了？」瑪婭喜出望外。

「嗯，暫時不走了。」小嵐接着說，「瑪婭，你馬上去一下我的儲物室，打開最裏面的那個櫃子，那裏有三個首飾盒，你隨便拿一個送過來給我，我在皇家醫院。」

「啊！」瑪婭覺得有點奇怪，問，「公主，你拿那麼多首飾幹什麼？」

小嵐說：「你別問了，拿來就是。」

瑪婭心裏雖然不明白，但沒敢再問，聽到小嵐已掛了線，便也掛了電話。

瑪婭很快把首飾送到皇家醫院，臨離開時問小嵐：「公主，您今晚想吃什麼？我叫廚房做。」

小嵐搖搖頭：「今晚我們不回去吃，你們不用忙了。你先回去吧！」

瑪婭答應了一聲就走了。小嵐沒離開，讓她很高興，所以也沒再細想小嵐拿走首飾的事。

小嵐打開盒子看了看，裏面有十多二十件金首飾，即使萬卡的醫療費用再昂貴，也足夠了。於是滿意地點了點頭，把首飾盒子放進自己的背囊裏。

「我們怎麼帶萬卡哥哥去未來？我們哪有力氣背他？」曉晴突然想到了一個問題。

「我已經想好了。剛才進來時，我看到護士室旁邊有一輛輪椅，我們可以讓萬卡哥哥坐在輪椅上。」小嵐胸有成竹的，她又吩咐曉星，「護士室有個護士姐姐在值班，你馬上過去跟她聊天，把她視線擋住。我和曉晴去把輪椅推來。」

「好！」曉星立刻打開病房的門，向護士姐姐跑去。

「護士姐姐，你有養寵物嗎？我養了一隻小香豬，叫笨笨。」

「笨笨？給牠起這樣的名字，牠會不會很傷心？」

「沒有啊，牠好像挺喜歡這名字的！」

「啊，真是個笨笨！……」

曉星和護士姐姐說話時，小嵐和曉晴偷偷把輪椅推進了萬卡病房。

曉星見任務完成，便跟護士說聲拜拜，跑回來了。

三個人費了好大力氣才把萬卡從病牀挪到輪椅上，

又用繃帶把他固定在上面。等到大功告成，每個人都已是滿頭大汗了。

小嵐把萬卡正在打點滴的瓶子拿下來，放進背囊裏。想了想，又從藥物櫃子裏多拿了幾瓶。穿越後不一定能馬上找到醫院，得多拿一些備用。讀醫科的萬卡教過她好多醫學知識，她又業餘學過護理，所以對這些基本的病人護理還是懂的。

「好，曉星把時空器拿出來，調校至五十年後。」小嵐說。

「好的。」曉星拿出時空器，他使用時空器多次，操作起來已很熟練，「嘟嘟嘟」地按着上面按鍵，很快就把時間設定在五十年後。

但當他想設定目的地時，才發現沒有這功能。以前他們穿越時空，都是回到過去，現在才知道去未來是不能設定目的地的。

「不管那麼多了，反正能去到未來就行，去哪個國家都不要緊。」小嵐揮揮手，「好，大家準備好，都抓緊輪椅，我們以萬卡哥哥為中心，一要保護好萬卡哥哥，二要注意落下時別失散了。」

三個人緊緊抓着輪椅，曉星舉起時空器剛要按啟動，突然聽到「篤篤篤」敲玻璃的聲音，一齊看過去，見到有兩個人在外面氣急敗壞地敲着病房的玻璃窗，

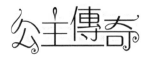

嘴巴在一張一合地嚷着什麼。這兩人分別是值班的護士姐姐，還有不知什麼時候冒出來的海倫。她們發現了病房裏的不尋常，但病房又從裏面反鎖了，只好拼命敲窗叫嚷。

小嵐跑過去，「嗖」地把窗簾拉上了，隔斷了那兩人的視線。又對曉星説：「趕快啟動！」

「好！」曉星説完，把時空器按鈕一按。

頓時，時空器發出眩目的光，接着，萬卡坐着的輪椅旋轉起來了，慢慢離開了地面⋯⋯

小嵐和曉晴曉星拼命抓住輪椅的扶手，椅子越轉越快、越升越高，在神奇的藍光中，他們穿出了窗戶，升上了半空⋯⋯

第5章 鬼城

就像之前多次的穿越一樣，小嵐他們在時空隧道裏被折騰了好一陣子，最後掉落到一片樹林中。

挺幸運的，他們沒有像晴雨娃娃那樣被掛在樹上，而是掉落在幾棵樹之間的一塊平地上。而地上厚厚的一層枯樹葉，也很好地保護了他們，不像之前的穿越那般摔得小屁屁生痛。

小嵐一骨碌爬起來，顧不得拍去身上沾着的葉子，趕緊去看萬卡的情況。幸運的是，輪椅竟然穩穩地落在地上，萬卡平安無事，還是靜靜地靠在椅背上，就像熟睡一樣。

小嵐放了心，見到頂上陽光猛烈，便伸手摘下曉星戴着的鴨舌帽，輕輕地給萬卡戴上，帽簷壓得低低的，免得讓光線眩花了他的眼。

看看周圍環境，除了樹還是樹，小嵐說：「我們得趕緊走出去，找人打聽一下這是什麼地方。」

曉星在前面探路，小嵐和曉晴小心地推着輪椅，三個人沿着一條蜿蜒的林中小徑，很快走出樹林，踏上了一條平坦寬闊的柏油路。

只見路兩旁全是一幢接一幢的、兩層或三層的獨立

屋，獨立屋色彩各有不同，帶有各種圖案花紋的窗戶、金字架的房頂，看上去很像一個童話世界。

但是，周圍環境並沒有給人身處童話世界的感覺，因為這裏太安靜了，靜得只有他們三個人的腳步聲，和輪椅壓着路面發出的「沙沙」聲，詭異謐靜得就像死寂的荒漠。

三個人交換了一下驚異的目光，繼續向前走着。寬闊的馬路上，沒有車子經過，也沒有一個行人走過，路兩旁的屋子也都門窗緊閉，看不到裏面的人。

曉晴困惑地說：「難道今天是休息日，所有人都在睡懶覺？」

曉星看了看頭頂上耀眼的太陽，說：「姐姐，見過笨的，但沒見過像你這麼笨的！你沒看到太陽都升到頭上了嗎？現在已經是中午了！」

「你才笨……」曉晴馬上還擊。

「你笨……」

姐弟倆又鬥起嘴來了。

「停停停！」小嵐生氣地說，「都什麼時候了，有時間吵嘴不如留着精力好好弄清情況！」

「哼！」

「哼！」

小姐弟相看兩生厭。小嵐真想把他們每人踹上一

腳，鬧也不看環境！

　　走過了一條長長的大道，之後拐了個彎，又走向下一條大道，整整走了半個多小時，情況仍是一樣。別說沒見到人，就是連小貓小狗也看不到一隻。

　　曉星突然停住腳步，說：「難道⋯⋯難道我們進入了一座像龐貝古城那樣的歷史遺跡？」

　　曉星說的龐貝古城，位於意大利那不勒斯海灣、維蘇威火山下，它始建於公元前八世紀，曾經是一個繁華的小城填。公元七九年八月二十四日下午，維蘇威火山突然爆發，火山爆發的一刹那間，天昏地暗，地動山搖，火山爆發噴出的熔岩、凝成的石塊和火山灰鋪滿了大地。接着又是傾盆大雨，暴雨引起了山洪，山洪挾帶着大量的石塊和火山灰，形成了一股巨大的泥石流，從山上向下滾滾而來，瞬間將地處維蘇威火山南山腳下的龐貝城完全淹沒，彷彿這座小城從來沒在世界上存在過。

　　一直到了一千六百多年後，一個農民在自己的葡萄園作深度挖掘時，鋤頭被什麼東西卡住了，扒開泥土和石塊，發現了一個裝着大堆半熔化的金銀首飾及古錢幣的箱子，由此發現了被泥石流深埋在地底下的龐貝古城。

　　當經過挖掘，龐貝城重新出現在世人面前時，人們

39

驚呆了，火山灰如同「時間膠囊」般密封了整座城市，把一千多年前的神殿、商店、街道、房舍完美地保存了下來。

後來，當地政府把龐貝城開闢成旅遊景點，早幾年，曉星爸爸媽媽還特地帶他們姐弟倆去遊覽過。

曉晴對弟弟餘怒未消，聽到他的話，不屑地說：「你傻呀！旅遊景點也會有遊客呀，這裏可是連鬼影都沒有！」

曉星被個鬼字提醒了：「啊，我知道了，這一定是人們常說的鬼城！一定是！」

曉晴尖叫一聲：「啊，鬼城？」

她大吃一驚，馬上東望望西望望，好像生怕從哪裏突然跑出來一羣鬼。

曉星對姐姐的失態似乎很高興，這姐弟倆隨時都熱衷於互掐，他說：「嘿，姐姐你膽子真小！這鬼城不是有鬼的城，而是指那些因地質災害、戰爭等原因廢棄而空曠的城市，如同鬼城一般的恐怖。聽過位於烏克蘭北部的城市普里皮亞季嗎？那地方原來是用作安置興建切爾諾貝利核電站的建築工人及工作人員的，原來有大約五萬居民。但由於當時發生核事故，成為被徹底放棄的城市。公寓、游泳池、醫院以及其他建築全部荒廢，房屋內的東西全都不能帶出來，包括報紙、電視、兒童

玩具、傢俱、貴重物品、衣服等，只允許帶走未被核污染的文件、書一類的東西。整個城市變成了一個渺無人煙的城市博物館，俗稱的『鬼城』……」

小嵐心裏焦急，她心裏也很害怕真的來到了一個類似鬼城的地方，那給萬卡治病的事就會被耽誤了。她打斷曉星的話，說：「曉星，我們推着輪椅走不快，你人機靈，又跑得快，你趕緊去前面偵察一下，找找有沒有什麼店舖醫院之類的。」

小嵐一連給曉星戴了兩頂高帽，又是「機靈」又是「跑得快」，曉星開心得給小嵐「啪」地敬了個禮：「是，長官！」他很「機靈」地左右觀望一下，然後拔腿就跑，以證實他的確「跑得快」。

小嵐和曉晴推着萬卡走了一條大街，又一條大街，每條街都同樣的一片死寂，同樣的人影兒沒一個。

過了十來二十分鐘，曉星氣喘吁吁地跑回來了，他見到小嵐和曉晴滿懷希望地看着他，洩氣地把兩手一攤，說：「沒找着。我已經走了好遠了，怕迷路才跑回來。好奇怪啊，這裏除了住宅，找不到任何公共設施，店舖、銀行、食肆……全沒有。」

大家大眼瞪小眼，都有點手足無措，難道真的穿越到一座鬼城來了？

走着走着，總算見到了一幢不一樣的房子，那是可

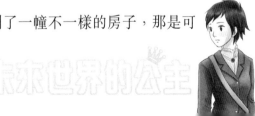

見的唯一一幢高樓，看上去有二十層左右，比起小嵐他們所在的年代並不算高，但在這一片低層建築裏，已算是「摩天大樓」了。

小嵐說：「我們去那幢大廈看看，這麼大一幢房子，也許能找到人吧！」

三個人正舉步向大廈走去，突然，曉星停了一下來，圓睜雙眼：「快聽！汽車聲，有汽車聲！」

小嵐和曉晴凝神細聽，果然聽到一陣「轆轆轆」的聲音由遠而近——真的是汽車車輪滾動的聲音呢！

大家又驚又喜，不約而同朝着聲音發出的地方看去，只見前面拐角處轉出了一部小型貨車，緩緩地向他們這邊駛來。

啊，天哪，太好了太好了！有汽車行駛，就等於有人；有人，就好辦了！三個人高興得抱成一團，哇哇大叫。

第 6 章　蘋果星球

因為之前飽受這古怪城市的各種驚嚇，小嵐他們都不敢太樂觀，三個人眼巴巴地盯着汽車，心裏直嘀咕：老天爺爺呀，神仙姐姐呀，別讓開來的是一輛無人駕駛汽車啊！

汽車越駛越近，可以清楚看到車身上塗着四個大字：食品送貨。接着，又看到車子在前面一戶人家門口停住了。

車門打開了，一個穿着藍色制服的送貨員走下車，手裏提着一個大紙箱。

「有人，有人，真的有人！」曉星指着那送貨員，激動得手直發抖。

小嵐和曉晴興奮得擊掌慶賀。感謝老天爺爺，感謝神仙姐姐，給他們送來了一個人！

曉星像隻撒歡兒的小鹿，跑到送貨員面前，喊了聲：「叔叔好！」

沒想到，送貨員好像沒聽見，把紙箱放到一戶人家的木柵門外，又轉身走回貨車。

「叔叔好！」曉星提高聲音喊着，又快步擋住了要上車的送貨員。

沒想到，那送貨員好像沒聽見也沒看見，臉上表情毫無變化，繞開曉星，就想上車。

曉星急了，又再擋在送貨員面前：「叔叔，叔叔，我有事要請教！」

可是送貨員還是無動於衷的，好像曉星只是一棵擋路的樹，他繞過曉星，徑自上了車，很快把車子開走了。曉星目瞪口呆，這人怎麼啦，是瞎了，還是聾了？

幾米開外的小嵐和曉晴，看在眼裏也愣了。這人什麼毛病？!

這時，「轆轆轆」，大街的拐角處又來了一輛車子，那輛車子身上寫着四個大字——用品送貨。

車子在另一戶人家門口停下，下來了一個穿黃色制服的送貨員。他捧着一個紙箱，走到一戶人家門口，把箱子放下。

曉星一枝箭般跑到那人跟前，他決心要爭取主動，於是劈里啪啦說道：「叔叔你好！我叫曉星，你能回答我一個問題嗎？這裏是什麼地方？」

沒想到，那黃制服送貨員還是跟之前的藍制服送貨員一個樣，連臉色也不變一變，彷彿曉星是透明的，若無其事的轉身就回到車上，發動車子開走了。

「氣死我啦！」曉星像人猿泰山般用兩隻拳頭捶着胸口。

三個人站在街心，很是無奈。之前是找不到人，現在有人卻又不被理睬，啊啊啊，神仙姐姐，救救我們吧！

突然聽到一把清脆的、但又怯生生的聲音：「嗨，你們好！」

不會是幻覺吧？

三個人你眼望我眼，一臉的詭異。

「你們是誰？」

哇，是真的有人在說話耶！三顆小心臟激動得撲通撲通亂跳，六隻眼像雷達般一齊搜索着聲音來源。看到了，看到了！只見五六米外一幢外牆粉紅色的三層房子，樓下打開的窗子裏，倚着一個小女孩。

那是一個八九歲左右的小女孩，有着黑葡萄般的眼睛，圓圓的小臉，鬈曲的頭髮紮成兩根小辮子。十分漂亮的一個小萌娃。

啊，神仙姐姐沒出現，卻來了一個神仙妹妹！曉晴含淚望青天，曉星唸唸有詞謝天又謝地。

小嵐繞過兩個白癡，走到粉紅房子小院的木欄柵外，對小女孩說：「小妹妹，你好！我們是外地來的，想打聽點事。」

「外地？」小女孩眨了眨大眼睛，好奇地打量着小嵐三個人，「你們是外星人？」

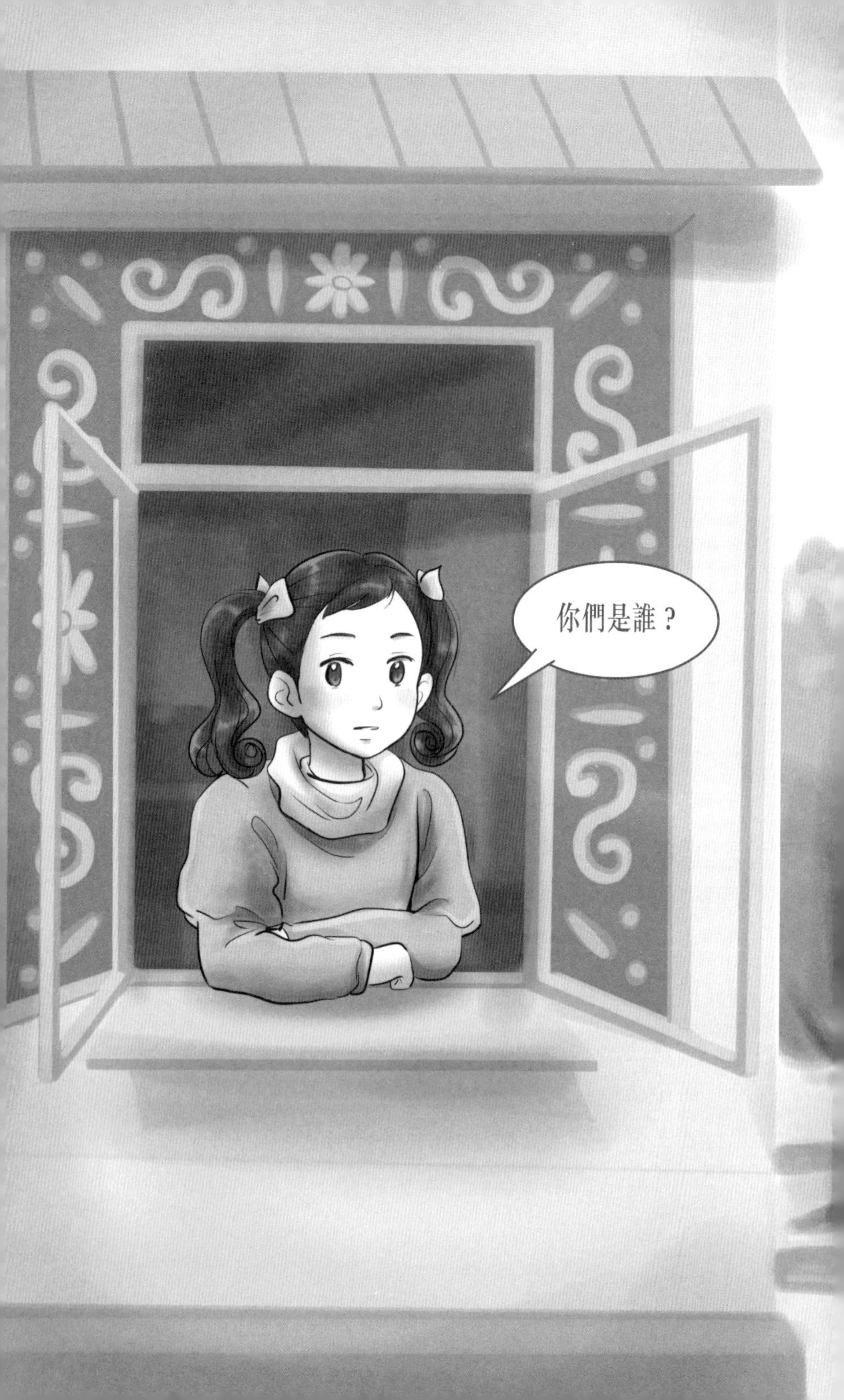
你們是誰？

「外星人？為什麼説我們是外星人？」這時曉星也跑過來了，聽了小女孩的話，他驚慌地摸摸臉，以為自己穿越後變成小綠人了。

「你們既然不是我們蘋果星的，就肯定是外星人了，這麼簡單你都不懂嗎？」小女孩用鄙視的目光看着曉星，臉上的表情分明在説，你好笨。

曉星臉紅耳赤，被一個漂亮女孩鄙視，這太丟臉了！

「蘋果星？」小嵐心裏挺奇怪的，難道這次穿越時空，竟然離開了地球，去到了外太空，一顆叫什麼蘋果星的星球？可是，沒聽過宇宙間有叫「蘋果」的星星啊！

小嵐見曉星心有不甘，一副準備和小女孩舌戰到底的表情，便對他説：「去幫幫曉晴，把萬卡哥哥推來。」

看着曉星嘟着嘴離開，小嵐笑着對小女孩説：「我這弟弟是有點傻呼呼的，沒有小妹妹聰明。那我考考聰明的小妹妹，宇宙間有多少顆星星？」

小女孩眼睛骨碌碌轉了轉，説：「我當然知道。有十億零三百多顆。」

「十億零三百多顆？」小嵐記得很清楚，自己原來生長的那個宇宙，有大約二千億顆星星，遠遠多於小

女孩說的這個數字。難道這裏是另一個宇宙，也即是平行宇宙？

小嵐突然激動起來。在她那個年代，很多科學家都相信有另外宇宙的存在，既然空間是無限的，就有無限的可能。不過這個問題一直只是在科學界爭論，沒有可靠依據去證明這一切。宇宙太大，在幾乎無限的空間和時間裏，人類的知識、能力太渺小了，要弄清是否存在另外一個宇宙，憑目前人類的能力還沒法做到。

如果這次時空之旅，能夠證實第二宇宙的存在，那就太有意義了。

為了證實自己的猜想，小嵐又問：「小妹妹，你能數出十個以上星球的名字嗎？」

「當然能！」小女孩扳着指頭數起來了，「一，蘋果星；二，雪梨星，三，木瓜星；四，荔枝星；五，桃子星；六，桔子星；七，香蕉星；八，風車星；九，滑梯星……」

小女孩數出來的，全都是沒聽過的星球。小嵐想再確定一下，又說：「那我再考考你，有叫金星和木星的嗎？」

小女孩困惑地搖搖頭：「這名字真難聽。只有笨蛋才會想出來。我從來沒聽過呢！」

小嵐心裏笑死了，要是讓給這兩個星球起名的人知道，自己被一個小女孩稱作笨蛋，不知有何感想。

她又問：「那有叫地球的嗎？」

小女孩堅決地搖頭：「這名字好奇怪，好像是一個能用腳踢的玩具。」

小嵐哭笑不得，偉大的地球，被一個小女孩説成了可以踢的球。

小嵐現在幾乎可以肯定，這裏是一個異時空世界了。這裏沒有二千億顆星星，也沒有地球，沒有金星木星水星，只有名字古怪的十億零三百多個星球。

小嵐興奮地想，給萬卡哥哥治好病以後，一定要好好地了解一下這個蘋果星，了解一下這個平行宇宙，把資料給科學家們帶回去。

不過，興奮過後，小嵐又有點忐忑，既然是平行宇宙，發展就跟自己所處的宇宙不一樣了，也不知這裏的科技發展，跟自己在的宇宙相比是先進了，還是落後了，又抑或差不多。如果是先進了那就能按原來設想，讓萬卡哥在更先進的醫學條件下得到治癒，要是落後或者差不多，那就白來一趟了。

這時候，曉晴和曉星推着輪椅走來了。

小女孩見了輪椅上的萬卡，臉上露出關切的神情：「他病了嗎？」

49

小嵐說：「是呀，他是我哥哥。我們來蘋果星，就是想找醫生替他醫治。」

小女孩眨着眼睛：「找醫生看病？你們要有身分證才行。」

「身分證？」

「是呀！蘋果星辦什麼事都要身分證。」小女孩數着手指頭，「買東西要，看病要，領生活費要，上網要……嗯，什麼都要。」

「我們可以申領身分證嗎？」

「蘋果星自從兩年前的新政頒布後，就不讓外星人來定居了。」小女孩顯得很遺憾。

「一點可能都沒有嗎？」

小女孩想了想，說：「也不是。你們可以試試申請旅遊身分證。旅遊身分證可以在這裏逗留一個月。」

「一個月？那也行。我們就申請旅遊身分證。那怎麼申請？要多長時間才能批下來？」

小女孩說：「一個月吧！」

「一個月？太遲了！」小嵐和曉晴曉星異口同聲地說。

三個人互相瞧瞧，都愁死了。萬卡哥哥只有不足半個月的時間，必須趕緊找到適合的醫生給他治療啊！

第 7 章　這個總統真太冷

「嘻嘻，嘻嘻……」小女孩捂着嘴笑起來。

小嵐三人正在發愁，卻見到小女孩嘻嘻地笑着，都很詫異。

曉星很生氣，這小傢伙，剛才鄙視自己，現在又幸災樂禍，太過分了！雖然他對女孩子一向很有愛心，但也忍不住用眼睛去瞪小女孩。

「喂，笨蛋，你瞪我幹什麼？」小女孩嘟着嘴，不高興地問。

「哼，人家發愁，你還笑！」曉星氣呼呼地說。

小女孩撇撇嘴：「助人為快樂之本。我覺得自己能幫助別人解決困難，所以開心嘛！」

「你是說，可以幫我們解決困難？」曉星一聽，馬上喜上眉梢，剛才的怨氣全拋到九霄雲外了。

小嵐也很驚喜：「小妹妹，你真的能幫我們？」

小女孩說：「嗯。其實還有一種臨時居住證，作用跟正式身分證差不多，只是限定有效日期，一般不能過半個月。我可以請爸爸幫你們，讓你們儘快拿到手。」

「太好了！」小嵐和曉晴曉星都喜出望外。

小嵐有點不放心，問：「你爸爸是入境處的嗎？」

小女孩搖搖頭，說：「不是。我爸爸是總統。」

「總統！」小嵐三人都很意外。

沒想到來到這古怪星球，機緣巧合，闖進總統的家了。

這女孩是總統的女兒，說起來也是個小公主呢！

小嵐問：「小朋友，太感謝你了，我們萍水相逢，你都這樣幫我們。」

小女孩說：「不用感謝。我只有一個要求。」

曉星說：「什麼要求？我赴湯蹈火也要替你辦到。」

曉晴也說：「是的，小朋友，你儘管提要求！」

小女孩兩手十指緊扣，擱在胸口，好像祈求一樣，說：「我想你們跟我做朋友。暫住期間要在我家住，跟我玩。行嗎？」

小嵐三人你看我我看你，意外的驚喜。這算是什麼要求啊！簡直是送上門的好事！這樣一來，就省去了要找地方住的麻煩了。

曉星說：「還以為你有什麼很重大的要求，做朋友，這太容易了！」

曉晴也說：「沒問題，我們馬上成為好朋友。」

小女孩臉上笑開了花，看上去她真是由心底發出的喜悅：

「你們真肯做我的朋友，真肯住在我家？太感謝你們了！」

小嵐笑着說：「我們不但是朋友，還是能互相幫助的好朋友。我們現在互相介紹一下吧，我叫小嵐，她叫曉晴，他是曉星。我哥哥叫萬卡。」

「小嵐姐姐，曉晴姐姐，曉星哥哥。」小女孩小嘴甜甜地喊着，又說，「我是圓圓，陳圓圓，今年九歲。」

小嵐三人異口同聲說：「圓圓好！」

圓圓高興地應了一聲，又扭頭朝屋裏喊着：「大寶寶快去開門，把我的朋友請進來。」

屋子的大門一開，走出來一個長得又高又壯的男僕。

小嵐三人都忍不住笑噴了。

剛才聽到圓圓叫大寶寶，還以為是一個可愛的小不點呢，沒想到是個龐然大物。

笑話別人是不禮貌的哦，於是他們趕快捂住了嘴巴。

可是大寶寶似乎一點不介意，他臉上露出溫和謙恭的笑容，朝小嵐他們欠欠身，右手作了個請的姿勢，接着又走去幫忙推輪椅。

「謝謝你！」小嵐對大寶寶說。

「不用謝！」大寶寶仍然是那副謙恭的笑容，朝小嵐微微欠身。

圓圓站在客廳門口迎接他們，她身後站着另一名年輕女僕。圓圓興高采烈地把小嵐等人帶進了客廳。

客廳布置很有兒童色彩，牆紙風景是個大森林，有大樹、小鳥、松鼠、小猴子……牆邊擺放着小白兔、小鹿、小羊、小老虎等十幾個動物雕塑，客廳裏的桌子椅子用大樹的樹幹做成，而客廳天花板上，還下垂着十多二十盆綠葉植物，天花板正中的吊燈，是一個巨大的白色花蕾。

54

看得出來，這位總統一定很愛自己的女兒，連客廳都布置得這樣充滿童趣。

圓圓對小嵐説：「小嵐姐姐，我馬上帶你們去見爸爸。」

她轉身吩咐年輕女僕：「二寶寶，你先去請出我爸爸。」

「是！」二寶寶應了一聲，離開了。

看來，圓圓家裏的僕人，全都是「數字寶寶」。其他僕人的名字，一定是三寶寶、四寶寶、五寶寶……

圓圓帶着一行人，沿着走廊走到了盡頭一個房間門口，二寶寶朝圓圓微微鞠躬，説：「總統大人請您進去。」

圓圓點點頭，然後推開門，出現在眼前的是一間大約一千呎的房間，靠裏面的牆放着幾個大文件櫃，文件櫃前面是一張大辦公桌，辦公桌後面坐着一個大約四十歲的男人，他靠在椅背上，一雙銳利、陰鷙的眼睛打量着走進來的小嵐等人。

　　圓圓帶着小嵐等人走到離那人三四米遠的地方，便站住了。

　　這就是蘋果星的總統？神態有點嚇人啊！

　　圓圓要向爸爸介紹自己的新朋友：「爸爸，這是……」

　　總統嚴厲地打斷了她的話：「圓圓，誰讓你帶陌生人到家裏的。」

　　「爸爸，我……」圓圓漲紅了臉，眼淚在眼眶裏打滾。

　　總統又看向小嵐他們：「你們是什麼人？」

　　總統的眼神以及身上散發出來的冷漠，令小嵐覺得很不舒服。

　　曉晴曉星兩人是更是心裏發怵，嚇得躲到小嵐背後。

　　小嵐定了定神，說：「總統先生，我們是從香蕉星來的。我哥哥得了重病，我們那裏的醫生都束手無策，所以我們把他帶到這裏，希望這裏先進的醫學水平可以

救他一命。聽說在這裏看病要有身分證，所以請圓圓帶
我們來找您，希望能發給我們臨時居住證，准許我們逗
留一段時間。」

「不行！」總統一口拒絕了，毫無商量餘地，「圓
圓，叫他們走。」

沒想到總統這樣不講情面。

「爸爸，求你了！你沒看見這哥哥病得好嚴重嗎？
讓他們留下來吧！」圓圓說話帶着哭腔。

總統用嚴厲的眼神看着圓圓：「我說不行就不行。
圓圓，以後別什麼人都往家裏帶！」

「爸爸！」圓圓喊了一聲，眼淚撲簌簌流了下來，
「你以前不是很喜歡幫助別人的嗎？為什麼現在變成這
樣了？我真懷疑你不是我爸爸了！」

「胡說！我、我怎麼不是你爸爸！」總統臉色頓時
大變。

他惡狠狠地瞪了小嵐幾個人一眼，又對圓圓說：
「好吧好吧，我就幫他們一次，發給他們臨時居住證。」

圓圓收住哭聲，抽泣着說：「謝謝爸爸。」

總統皺皺眉頭，說：「你幫他們拍照、取指紋，然
後發給我，我叫人給他們做證件。」

他又揮了揮手，說：「走吧！」

圓圓對總統說：「再見爸爸！」

小嵐和曉晴曉星禮貌地給總統鞠了個躬，説了聲：
「謝謝總統先生，總統先生再見。」

　　但實話説，這位總統給他們的印象實在很不好。可
愛善良的圓圓，怎會有這樣的爸爸呢？

第 8 章　幸福指數最高的星球

離開書房後，圓圓仍撅着小嘴巴，不時抽着鼻子，長長的睫毛上還掛着幾點淚珠。小嵐心裏很內疚，為了幫助他們，讓這小傢伙這麼傷心。

小嵐摟住圓圓肩膀，說：「圓圓，謝謝你！」

圓圓往小嵐身上靠了靠，一副依戀的樣子：「小嵐姐姐，不用謝。」

小萌娃因為剛哭過，說話時帶着鼻音，軟軟的，令人聽起來好心痛。

小嵐和曉晴曉星還有萬卡拍好照，取好指紋後，天已開始黑了。圓圓說：「我們一塊吃晚飯好嗎？吃完飯就安排房間讓你們休息。」

她又是之前那個樣子，十指緊扣的雙手擱在下巴，眼睛帶着期盼看人，那樣子不像在請人吃飯，而是在求人幫忙。

「好，當然好！」小嵐還沒回答，曉星在一旁已經迫不及待了。其實，即使圓圓不主動邀請，他也準備厚着臉皮問人家要吃的了。

自從來了蘋果星之後，就沒吃過東西了，肚子正餓呢！

曉晴有點害怕：「你爸爸不喜歡我們留在這裏。他好兇！」

「你們剛才不是答應過留在這裏住，和我玩的嗎？你們說話要算數！」圓圓生怕小嵐他們要走，着急地說，「要是爸爸干涉，我就跟他急！」

曉星忙附和說：「是呀是呀，我看總統先生還是很疼愛圓圓的。你看，剛才圓圓說他不像自己爸爸，他就急了，就馬上答應幫我們辦居住證了。」

小嵐想想，出去找吃的住的地方也實在不容易，總統先生的態度如何，管他呢！於是朝圓圓點了點頭。

圓圓高興得咧開嘴笑，看上去，她是多麼的喜歡有人陪她吃飯。

59

圓圓興高采烈地吩咐大寶寶：「你叫三寶寶他們馬上準備晚飯，做多點，我今天有客人。」

小嵐擔心萬卡多個小時沒輸液，身體會出現問題，她對圓圓說：「圓圓，我想找個地方讓萬卡哥哥躺下休息，還要給他打吊針。」

圓圓一聽馬上說：「好啊，我馬上安排一個最安靜舒適的房間，給萬卡哥哥養病。」

安頓好萬卡以後，圓圓帶着小嵐他們去了飯廳，剛坐下，四個穿着廚師服裝的女孩子走了上來，她們每人手裏都捧着一個盤子。四個女孩子都長得很漂亮，臉上

都露着溫柔的笑容，她們恭敬地把手裏的盤子放到每一個人面前，然後垂手站在他們背後。

圓圓揮揮手，說：「三寶寶四寶寶五寶寶六寶寶，你們下去吧，不用侍候了！」

四個寶寶恭敬地鞠躬，然後退下了。

小嵐看了看圓圓，問：「你爸爸怎麼不來吃飯？」

圓圓臉上的笑容一下不見了，她撅着嘴：「他不跟我一塊住，我很久沒跟他在一起了。」

「啊！」小嵐三個人都嚇了一跳，那剛才在書房見到的那位……

曉星眼睛睜得大大的：「你爸爸……他剛才明明不是在家嗎？」

曉晴差點尖叫起來，她趕緊用手捂着嘴，只是腦海裏已出現一個恐怖的字眼——「鬼」。

「剛才？」圓圓好像挺困惑的，她眨着眼睛，好一會兒才明白過來，「哦，你們誤會了，爸爸本人並不在這裏，你們剛才進入的是會見室，是我和外面的人溝通見面的地方。你們剛剛看到的只是一種立體影像傳訊，我爸爸其實是在總統府裏，在他的辦公室和我們說話。」

哦，大家恍然大悟。

圓圓很奇怪：「難道你們那裏沒有這種立體影像傳訊嗎？」

曉星撓撓頭説：「好像沒有。」

圓圓説：「我還常利用立體影像傳訊和爸爸一起吃飯，一起散步呢！」

曉星拍手道：「哇，要是以後我們那裏有這種立體影像傳訊就好了，那我放暑假的時候就不用大老遠坐飛機回香港見爸爸媽媽了。」

小嵐聽着圓圓和曉星的對話，心中不禁暗暗歡喜，看來蘋果星球科技比地球先進很多，但願沒有來錯！

這時曉晴問：「圓圓，你爸爸為什麼不跟你一塊住？」

圓圓睜着圓溜溜的眼睛説：「因為要執行政府的『新法』呀！」

曉星問：「什麼是新法？」

圓圓解釋説：「蘋果星兩年前頒布『新法』，其中有一條法例是蘋果星人的活動範圍只限於家中，而且每個人都要自個兒生活，自個兒工作，自個兒學習，自個兒玩耍。基本上每一幢房子只住一個人，即是如果一個家庭有五人，就分開在五幢房子居住。人與人之間聯系，都是用語音電話、文字傳送，或者立體影像傳訊。」

曉星説：「一個人生活，那好悶啊！人們都習慣這樣嗎？」

圓圓說：「大多數人都挺習慣的。因為新法沒頒布前，這星球就有很多『宅男』、『宅女』，他們都不喜歡出門見人，喜歡躲在家裏上網，玩電子遊戲。」

「哦！」小嵐他們終於明白，為什麼之前走在街道上時，會靜得那樣詭異可怕了。原來根本是政府法例不許隨便上街！

曉星有點奇怪地問：「你說每一幢房子只有一個人，你這裏就不止啊！除了你，還有六個數字寶寶呢！」

圓圓睨了曉星一眼，說：「嗨，曉星哥哥，你真笨，數字寶寶不是人類，是智能機械人。」

啊，大家又再一次吃驚了，要不是圓圓說出來，還真不知道那些數字寶寶是機械人呢！仿真度太高了，與人交流也太順暢了。

曉星撓撓腦袋：「那街上的送貨員，也是機械人？跟你的六個寶寶相比，他們就死板多了，我向他們打聽事情時，他們都不理睬我。」

圓圓說：「嗯，你說對了，那些都是專管送貨的機械人。因為製造時，給它們設置的指令只是把貨物送到目的地，所以他們是不懂應對其他事的。」

原來是這樣！

這時曉星想到了一個問題，他趕緊咀嚼幾下，把嘴

62

裏的東西吞下肚，然後問道：「圓圓，你說這裏的人都不出門的，工作學習都在家裏，那麼耕田、修路、架設電纜、清掃街道等等工作由誰來幹呢？」

圓圓說：「機械人呀！」

曉晴聽了很吃驚：「那你們這裏要多少機械人才夠使用？」

圓圓說：「我們星球有一千萬個機械人。」

小嵐很訝異：「一千萬？！這麼多？跟人類比例是多少？」

圓圓扳起指頭算了算，說：「十比一。」

曉星說：「十比一？原來你們星球有一億多人口。」

圓圓猛搖頭：「不是哪！是機器人十，人類一，我們人類只有一百多萬人口。」

「啊！」小嵐和曉晴曉星不禁目瞪口呆。

十個機械人對一個人類？！哇，太不可思議了！一個只有一百萬人口的星球，而機械人卻有一千萬，這根本就是一個機械人的世界啊！

小嵐很是疑惑：「你們才一百萬人口，真需要這麼多機械人嗎？」

圓圓認真地點着頭：「要啊，因為蘋果星球幾乎所有工作都是機械人做的。」

曉晴有點不明白：「幾乎所有工作？圓圓，你剛才不是説，人類在家裏工作，那人類需要幹些什麼呢？」

「打電腦遊戲、打撲克、下棋……」圓圓點着指頭數着。

小嵐幾個人交換了一下驚訝的眼光，小嵐問：「那學習呢？你們在家都學習些什麼？」

「學習怎樣打電腦遊戲、打撲克、下棋呀！不過學習是小孩的事，大人就不用學習了，只管工作就行。」

「哇！」曉星興奮得兩眼發光，「這星球好棒呀，玩兒就是工作，我喜歡啊！」

64

「棒你個頭！」小嵐敲了曉星腦袋一下，「人不學習，不勞動，一天到晚在玩兒，時間一長，人不就都成白癡了！」

「那也是。」曉星摸摸腦袋。

曉晴想到了一個實際問題：「那你們不出去工作，就掙不到錢，怎麼養活自己呀？」

圓圓説：「這個不用擔心。蘋果星球實行全民福利，政府每個月都會自動撥生活費到各人銀行戶口，這些錢足夠每個人不愁吃，不愁穿。所以，政府説我們星球是宇宙間幸福指數最高的地方呢！」

小嵐看了圓圓一眼，問道：「圓圓，你覺得你幸福嗎？」

「我？」圓圓有點迷惘地想了想，說，「反正我有舒適漂亮的家，有人侍候着，不愁吃穿，不知道這算不算幸福。但我也有不開心，因為我不能和小朋友一塊玩，不能和家人住在一起，不能去看外面的世界……」

小嵐說：「你有把自己的不開心跟爸爸講嗎？你爸爸是總統，相信他是新法的主要制訂者，你可以把對新法的意見告訴他。」

圓圓猛地搖頭：「不！我不能說。反對新法後果很嚴重，這些人被加上『不知好歹』，或者『不識抬舉』的罪名，全部被關進監獄了。現在呆在家裏的，都是乖乖的執行新法的人。」

真讓人哭笑不得。不知好歹？不識抬舉？這算是什麼罪啊！

圓圓說：「我哥哥就是因為對新法有意見，一年前被關進了監獄。」

圓圓說到這裏，嘴一扁，眼淚叭嗒叭嗒掉了下來。

「真是一個古怪的星球！」小嵐嘀咕了一聲，又忙着去安慰圓圓了。

小嵐骨子裏的俠女情懷又升騰起來了，心想，等治好萬卡哥哥的病，我也得治治這個奇怪的星球。

第 9 章　拒絕治療

　　看來那個陰沉可怕的總統還是很愛女兒的，也許是因為「愛屋及烏」，他很快就把小嵐四人的臨時居住證辦好，在第二天一早由快遞員送來了。

　　小嵐從大寶寶手裏接過臨時居住證，就像把希望捏在手裏。

　　儘管不小心來了這個怪異的星球，但幸好它還算科技發達，希望五十年前難以治好的病，在這裏有可能治癒。

　　按皇家醫院的院長伯伯說的時間，萬卡哥哥的生命已經拖不過一星期了，所以得趕快醫治。想到這裏，小嵐拿出帶來的首飾盒，打算等會兒圓圓來了，就問問哪裏有金飾店，把首飾賣掉。給萬卡哥哥治病要錢，還有圓圓這裏也不能白吃白住，就是不給房租也得給伙食費呀！

　　這時曉晴打着呵欠來了：「小嵐好早！萬卡哥哥好吧？」

　　小嵐就住在萬卡房間的隔壁，今天一大早就去看了他，見曉晴問，就點了點頭說：「還算穩定。」

　　這時虛掩的房門被推開，圓圓走了進來。她一見到

小嵐和曉晴就笑得十分燦爛，嘴角兩顆小酒渦彷彿也透着歡樂：「小嵐姐姐，曉晴姐姐，早上好！」

「圓圓早！」小嵐朝圓圓點點頭，問道，「這裏有收購金飾的店舖嗎？」

圓圓說：「蘋果星球買賣東西都是在網上交易，沒有店舖的。姐姐，你想買什麼？」

小嵐晃晃手裏的首飾盒子：「嗯。把首飾賣了換錢給萬卡哥哥治病，還有交你生活費。」

圓圓把腦袋搖得像撥浪鼓似的：「不用給生活費，你們在我家住我高興死了，我不會收你們錢的。給萬卡哥哥治病也不用你們花錢，我有很多錢呢！」

小嵐說：「不行。我們怎能花你的錢呢！」

「小嵐姐姐，我有錢，我真的有錢。蘋果星人每月都能拿到生活費，我一個小孩兒，也沒什麼好買的，錢花不出去，都愁死了。你們就當是幫我忙吧！」

小嵐和曉晴從來不愁沒錢花，但也沒試過要發愁錢花不出去。兩人大眼瞪小眼，這星球怪事真多，人們的錢多得都要發愁花不出去了。

小嵐決定不跟圓圓客氣了，她在首飾盒裏翻了翻，拿出一條有着小象吊墜的價值不菲的金項鏈：「好啦，那就不跟你客氣了。不過，我要送你一件小禮物，你也不能拒絕。」

「不拒絕不拒絕。小嵐姐姐送我禮物，我太開心了。」圓圓高高興興地讓小嵐把項鏈給戴在脖子上。

小嵐又問：「圓圓，這附近哪裏有醫院？」

「醫院？這裏沒有醫院的。」圓圓搖搖頭。

小嵐嚇了一跳：「沒有醫院？那要看病怎麼辦？」

圓圓説：「很容易呢！通過智能醫療系統，幾分鐘就能診斷出病人的問題，及列出治療方案。」

小嵐大喜，這裏的科技果然先進啊！忙説：「那太好了，我想馬上就讓智能醫療系統給萬卡哥哥治病。」

圓圓説：「好，沒問題。」

她轉身吩咐道：「大寶寶，你馬上幫忙把萬卡哥哥抱到輪椅上；二寶寶，你先去醫療室，預熱智能醫療系統。」

大寶寶二寶寶異口同聲説：「是！」

一行人簇擁着萬卡走進了醫療室，正想關門時，一隻手伸進來擋住了，接着看到曉星頭髮蓬鬆的腦袋：「你們好壞，怎麼不叫醒我。給萬卡哥哥治病的偉大過程，我怎能不參加。」

「你怎麼不説自己懶！」曉晴用手拎着曉星的衣服領子，把他扯進了房間。

「你才懶……」

小嵐心裏正緊張，見他們又開始鬥嘴，不由狠狠瞪

過去，那兩姐弟伸伸舌頭，不再吭聲了。

大寶寶把萬卡推到房間中間，然後回到圓圓身邊。二寶寶開始坐在控制台前操作，大家都屏住氣息，觀看五十年後的治病方式。

一個透明的巨型罩子緩緩降下，把萬卡整個人罩住了。這時罩子裏出現了點點綠光，就像螢火蟲的光，十分柔和。綠光點圍繞着萬卡的身體游曳。

看到小嵐有點緊張，圓圓說：「系統正在分析萬卡哥哥的身體狀況，幾分鐘之後就有結果。」

幾分鐘後，透明罩子裏的綠光點消失了，罩子慢慢回到了天花板。房子中間，留下了坐在輪椅上仍然昏睡的萬卡。

69

小嵐趕緊走了過去，生怕剛才的那些綠光點給萬卡造成了什麼損傷。見萬卡跟之前沒什麼兩樣，才放了心。

這時，聽到一部有點像傳真機的小機器發出了「咔咔咔」的輕微聲音，接着吐出了一張四號紙，那是系統給出的檢查報告。

二寶寶拿起檢查報告，交給了圓圓。

大家都緊張地湊了過去，但又馬上愣住了，報告上面寫着幾行字：根據各項指數，此病人將會對蘋果星政府構成威脅，醫療系統拒絕治療。

拒絕治療？啊，太過分了！

曉晴怒氣沖天：「這是什麼破系統啊，萬卡哥哥都病成這樣了，怎會威脅政府呢！」

曉星咬牙切齒：「開什麼宇宙玩笑！把它砸爛算了。」

圓圓扁扁嘴，大眼睛眨着，眼裏冒出了潮氣，她快要哭了。她好喜歡這些哥哥姐姐，她好想幫他們忙，沒想到關鍵問題上卻發生這樣的事！

小嵐也大受打擊，但她很快調整心態，埋怨是沒有用的，醫療系統不給治，就想其他方法：「圓圓，蘋果星球應該還有人類醫生吧，系統不肯治療，我們可不可以直接找醫生來給萬卡哥哥看病。」

71

大家都盯着圓圓看，希望從她嘴裏得出理想答案。

可是，圓圓在搖頭。

「蘋果星球原來的醫生都不能看診了。因為那會違反新法，要坐牢的。」

大家大眼瞪小眼，好倒楣啊，滿以為來到五十年後能找到給萬卡哥哥治病的方法，沒想到，很不幸來到了這個怪里怪氣的星球，真是好失望。

雖然很不想讓萬卡哥哥再穿越一次，讓他再受一次折騰，但也別無選擇了。

小嵐果斷地說：「我們得馬上離開。希望能找到一

個可以給萬卡哥哥治病的地方。」

圓圓眼淚汪汪地看着小嵐，本來以為可以跟這些哥哥姐姐一起呆一個月，沒想到，才兩天不到，他們就要離開了。

小嵐跟圓圓擁抱了一下，說：「圓圓，希望後會有期。」

「啊，不好！」突然聽見曉星喊了一聲。

「什麼事？」大家都盯着曉星。

曉星氣急敗壞地指着手裏的時空器：「這傢伙又沒電了！」

時空器本身沒有充電裝置，所以只能利用太陽能充電。可是⋯⋯大家舉頭看着窗外那灰濛濛的天空，實在無語。

開什麼宇宙玩笑！昨天還陽光燦爛，今天需要陽光時，老天又烏雲密布，天曉得何時才出太陽。

萬卡哥哥的病等不起啊！

小嵐一直沒告訴圓圓他們是從五十年前來的，所以圓圓還以為這時空器是太空船的遙控器。

遙控器沒電，太空船不能起飛，萬卡哥哥的病沒法去別的地方治了，圓圓好難過，忍不住哭了起來：「嗚嗚嗚，要是我方方哥哥在就好了。我哥哥是醫學和物理學雙博士，他最善良了，也最聰明了，他一定會想辦法替萬卡

哥哥治病的。」

小嵐眼睛一亮：「圓圓，你說你哥哥是醫學博士？」

「是，他曾經是蘋果星球最好的醫生。」

第 10 章　計劃

　　小嵐聽到圓圓的哥哥陳方方是一名醫生，太高興了，心想真是「山窮水盡疑無路，柳暗花明又一村」啊！她興奮地問：「圓圓，你覺得你哥哥能治萬卡哥哥的病嗎？」

　　「我哥哥可厲害了，什麼病都難不倒他！」圓圓很為她哥哥驕傲，但她又皺皺眉頭，「可是，哥哥被關在監獄裏呢！」

　　曉星捏捏拳頭說：「我們想辦法把方方哥哥救出來。」

　　小嵐想了解多一點情況，便問圓圓：「你去看過你哥哥嗎？」

　　圓圓搖搖頭說：「沒去過。哥哥被關在漢堡重犯監獄，那裏是不准探望的。連用立體影像傳訊見面也不行。」

　　曉晴驚訝地睜大眼睛：「圓圓，你那總統父親也太變態了，怎麼忍心這樣對待自己的兒子。圓圓，你哥哥不是你爸爸親生的吧？」

　　圓圓扁扁嘴：「當然是親生的！我爸爸原來對我們很好的，不知為什麼這兩年變了。」

小嵐看着圓圓想哭又拼命忍住的可憐樣子，實在心痛，便伸手去揉揉她的小腦袋，用身體語言給她一點溫暖。

圓圓像隻小貓咪那樣，用腦袋蹭了蹭小嵐的手。

小嵐有點發愁：「要把你哥哥救出來，首先要了解監獄裏的情況，但現在我們對漢堡監獄是一無所知。」

圓圓眼睛一亮，說：「我知道。兩年前，那時我哥哥還沒被關起來，有一天爸爸去漢堡監獄視察，把我帶去了。」

小嵐大喜：「啊，真的？那太好了，你快說說裏面的情況！」

圓圓眼睛骨碌碌轉了一圈：「讓我想想。唔，監獄有圍牆圍着，圍牆的高度……還沒有我爸爸兩個人那麼高。圍牆和監倉距離大約有十幾二十米，之間是一大片空地。圍牆的大門在東面，由兩個機械人衛兵守着。監倉是全密封的，連一個窗戶都沒有。裏面分成十條巷道，每條巷道的兩旁是一個個獨立囚室，每個囚室關一個人。我哥哥就關在六號巷道的五號囚室。」

小嵐問：「監獄有很多機械人守衛嗎？」

圓圓搖搖頭：「不多。只有一個小隊，大約十個人左右。除了兩人負責守大門外，其餘八個人負責看守監倉。我記得當時爸爸問過守衛人數會不會太少這個問

題，監獄長回答説，其實監倉裏沒人守衞也不會出問題，因為裏面十條巷道都裝有電子監控。我那次跟着爸爸進過中央監控室，裏面有十個機械人在日夜工作，每人負責監視一條通道。這些機械人不用睡覺，不用休息，眼睛每時每刻都瞪得大大的盯着屏幕，即使有隻蚊子在巷道裏飛過，他們也能發現。還有，從大門口到監倉的那段開闊地帶，會不定時放出死亡射線⋯⋯」

曉星聽着聽着，苦惱地撓撓腦袋：「我們比蚊子大了很多很多倍呢，怎樣不被發現的進到裏面，救出方方哥哥？」

圓圓像大人那樣重重地歎了口氣，説：「進去已經很難，把哥哥救出來就更是難上加難了。因為每個犯人身上都被植入了晶片，只要他們一離開牢房，晶片就會發出警報，監倉裏的機械人就會衝出來，把犯人抓回去。」

曉晴苦着臉：「唉，好難啊！都怪那個冷血的總統，幹嘛把方方帥哥關起來啊！」

小嵐怕圓圓又傷心，急忙拍了曉晴一下，説：「少説兩句！」

事情陷入僵局，怎麼辦，怎麼辦？

小嵐心一橫，説：「無論如何，我都要進監獄一趟。如果不能把方方哥哥救出來，我也可以跟他講講萬

卡哥哥情況，請教治癒的方法。」

圓圓看着小嵐，滿眼閃着小星星：「小嵐姐姐，你好勇敢啊！我崇拜你！」

小嵐摸摸圓圓的小腦袋，説：「我們來商量一下具體做法。兩米的圍牆，要翻過去還是有辦法的。至於十幾二十米的中間地帶，我也有信心闖過，也相信我一向的幸運能幫到忙，令我可以避開那死亡射線。但是，我怎麼避過監控室的機械人，避過它們的視線，走進監倉巷道呢？」

「有辦法！」曉星叫道。

「什麼辦法？」大家異口同聲問。

「想辦法入侵他們的電腦，讓一段巷道空無一人的情景錄像，屏蔽了機械人的監視屏幕，而我們就趁機通過巷道去找方方哥哥。」

小嵐點點頭：「曉星這點子不錯的，只是一時間上哪裏去找這樣的錄像？」

「咦！」圓圓突然掏出手機，用指頭翻呀翻的。

小嵐問：「圓圓在找什麼？」

「找一張相片，我曾經偷偷地在巷道裏拍過一張相片！」圓圓繼續翻着手機，「啊，找到了，找到了！」

圓圓出示的，正是其中一條監倉巷道的照片，可以看到巷道兩旁有一間間囚室。她用滿含希望的眼神看着

小嵐：「有用嗎？」

「有用，當然有用！」小嵐高興地拿過手機，「我們可以把這照片印出來，放在巷道的攝像頭前面，那監控室裏的機械人看到的就是這張照片了。不管巷道裏發生甚麼事，都不會被發現。」

曉星説：「咦，不行！這樣只會把鏡頭遮蔽，從熒幕上看起來整個會是黑色的呢！」

小嵐説：「把相片放到離鏡頭十厘米遠的地方，就不會出現這個問題了。我們可以根據攝像頭的大小做一個小裝置，小裝置的終端貼着照片，到時把小裝置套在鏡頭上就行了。不過還有一個很大的問題，就是怎麼避過監控室那些機械人的監視，把小裝置套到鏡頭前。」

曉星自告奮勇：「我去監控室引開機械人注意力！」

「不行，你做不到的。那裏面的機械人早被輸入了指令，對闖入監控室的人格殺勿論。」圓圓搖搖頭，説，「還是我去吧！那些機械人見過我，知道我是總統的女兒，他們不敢隨便傷害我的，最多只會把我抓起來。不過，我不會讓他們抓住的。」

小嵐有點猶豫，她也覺得圓圓去做這件事最有把握。但是，不怕一萬就怕萬一，她實在不想讓圓圓經歷這樣的危險。

圓圓見小嵐猶豫的樣子，便說：「小嵐姐姐，萬卡哥哥的病不能等。放心好了，我不會有危險的，給個機會讓我幫幫朋友吧！求你！」

圓圓又再十指交叉，用祈求的目光看着小嵐。

看着圓圓可愛的臉蛋，小嵐忍不住把她摟在懷裏，說：「圓圓，謝謝你！」

圓圓習慣地用腦袋蹭蹭小嵐：「小嵐姐姐，那你是答應讓我幫忙了？」

「嗯。」

「耶！」圓圓興高采烈地豎起兩根指頭，作勝利手勢。

接着，他們又商量了一些細節，確保行動成功。

小嵐看了看手錶，說：「好，我們今晚十二點出發去漢堡監獄。現在離出發時間還有半天，我們好好休息，養精蓄銳。」

79

第 11 章　夜闖漢堡監獄

　　大家飽飽地吃了一頓好的，又美美地睡了一覺。十一點三十分，小嵐把睡得正香的三個傢伙一個個拍醒了。

　　天公也作美，今晚沒有月亮，一行四人悄悄出發了。

　　由圓圓家到漢堡監獄有很長一段路。蘋果星球因為禁止人們外出，所以也取消了所有公共交通工具。幸好圓圓家中有兩輛自行車，那是政府未頒布禁令前，圓圓和爸爸、哥哥去郊遊時用的。現在剛好由小嵐載曉晴，曉星載圓圓，四個人徑向漢堡監獄駛去。

　　路上如預料中的渺無人跡，兩輛自行車在寬闊大道上飛快奔馳。

　　曉星問：「圓圓，晚上有機械人巡邏嗎？我們上街會不會被發現？」

　　圓圓說：「除非有特別事發生，否則都不會有機械人巡邏。因為那些不願留在家中的人，都被抓去坐牢了，而其他市民都已經習慣了呆在家中，現在就是趕他們，他們也不會出門的。」

　　半個小時之後，大路兩旁不再是一幢幢的獨立屋，

而變成了樹林和荒地。再過了十幾分鐘，前面隱約見到兩點閃爍着的光，再走近一點，見到一個巨大的黑影，像一隻巨獸俯伏在大地上。而那兩點光，就像巨獸一眨一眨的怪眼。

圓圓聲音有點緊張：「那就是漢堡監獄。」

小嵐明顯感覺到，車後座的曉晴摟着她腰的手緊了起來。這傢伙害怕呢！

小嵐也有點緊張，但她不怕，甚至有點期待，因為那巨獸裏面，有着能救萬卡哥哥性命的人。

小嵐見到距離越來越近，便說：「我們下車走路吧，免得讓守衞聽到輪子聲響。」

四個人下了車，把自行車推進路旁的樹林。然後盡量放輕腳步，向着那個「巨獸」走去。

越走越近，借着那點光，勉強看清了巨獸的模樣，果然就是圓圓描述過的漢堡監獄。那兩點光，原來是來自監獄頂端兩盞忽明忽暗的燈。

圓圓這小孩記憶力很棒，她領着一行人繞開了有衞兵的大門口，來到後面圍牆下。

小嵐對曉晴和曉星說：「你們倆留在這裏等，我和圓圓進去。」

曉晴和曉星同時「嗯」了一聲。

小嵐看了看面前兩米高的圍牆，牆體光滑，沒法

攀爬，便對曉晴姐弟說：「得借你倆的肩頭一用。」

「行！」曉星拍拍胸口，男孩子就是為了幫助女孩子而存在的嘛。

「啊！」曉晴小臉變成了苦瓜，美人肩被踩會很痛很痛的哦！

可是小嵐已不管他們願意還是不願意，直接下令：「蹲下！」

小嵐命令如山，曉星曉晴本能地往下一蹲。小嵐正要踩上他們的肩，忽然感到眼前一亮，監倉頂上那兩盞燈發出強烈的光，一閃一閃的。

圓圓急忙拉住小嵐：「小心，死亡射線啟動了！」

四個人慌忙貼牆站着。

無數束銀色射線，在牆內的開闊地掃來掃去，持續了大約一分鐘，才停了下來。大家都鬆了一口氣。

「好，趕快！」因為不知道這該死的射線什麼時候又再發射，小嵐只能儘快行動。

曉晴和曉星趕緊蹲下，小嵐毫不猶豫站上他們肩膀。雖然小嵐長得苗條，但對於曉晴嬌小姐和曉星這沒長大的少年，還是有一定分量的，此刻兩人用盡全身力氣，卻怎麼也站不起來。掙扎許久，曉晴腿一軟，坐到地下，小嵐身子一歪，摔了下來。

「姐姐，你真沒用！」曉星也被連帶跌倒，他摸着

屁股埋怨着。

小嵐着地時，手肘撞到地上，痛得她吸一氣，但她顧不得看，連聲問：「曉晴，曉星，有沒有摔着？」

其實她踩着兩個同伴翻牆，也是挺心痛的，只是沒辦法而已。

幸好那兩個傢伙除了屁股受了點罪，也沒什麼地方受損。曉星小男子漢，爬起來又蹲下讓小嵐上，連曉晴雖然苦着臉，但也很快進入了人肉梯子的角色。

小嵐急忙踩上伙伴的肩頭，曉晴曉星兩人一使勁，把小嵐頂了起來。小嵐趕緊扳住牆頭，一縱身，坐了上去。

83

圓圓身輕，曉晴姐弟很容易地把她抬起，小嵐一伸手，把她抱上了牆頭。

牆高兩米，不過難不倒小嵐，她往下一跳，輕輕落地。她又轉身靠近圍牆，朝圓圓招手，圓圓踩到小嵐肩上，也順利進入了圍牆內。

面前是十幾二十米的開闊地，因不知那該死的銀色射線什麼時候又發射，小嵐拉着圓圓，朝監房方向狂奔。眼看只差五六米就可衝過開闊地，衝進監獄的保護簷下時，那兩盞燈又發出強烈的光，不知從哪裏冒出來的眩目的銀色射線又開始肆虐⋯⋯

壞了！小嵐急忙把圓圓一按，將自己身體蓋在她

身上，說道：「盡量貼緊地面！」

駭人的銀光，令小嵐產生錯覺，彷佛被無數個閃電包圍。這一刹那，小嵐感到死亡離自己是那麼貼近。

正在這時，小嵐發現自己身上飄出了一股淡藍色的光芒，光芒在小嵐和圓圓身上繚繞着，竟成了保護罩一樣，令銀光無法穿透。小嵐驚訝地低頭察看，藍光竟是來自她項鏈上掛着的白玉戒指！

小嵐激動得幾乎流下眼淚，自己不會死了！ 她不怕死，但她怕自己死了就不能救萬卡哥哥了。

眼前銀光「嗖」地消失了。小嵐睜開眼睛，發現死亡射線已停止。她急忙把身下的圓圓扯起來，衝過剛才未走完的路，跑到了監獄的保護簷下。

腳下發現一隻被銀色射線擊中的老鼠，牠全身銀色，就像白銀鑄成一樣，一陣風吹來，牠裂開了，變成了一堆碎塊。

小嵐嚇出一身冷汗，如果不是月亮戒指的保護，自己和圓圓的命運，就跟這老鼠一樣了。

圓圓經歷剛才的險境，不但沒害怕，反而一臉的興奮，真是個勇敢的孩子。小嵐不想讓圓圓看到死亡，慌忙拉她遠離死老鼠。

兩名守衛直直地立在大門口，大眼瞪小眼，你看着我，我看着你，相看兩無聊。

忽然，聽到附近有一聲貓叫，接着，一聲，又是一聲。

無聊的機械人終於有事幹了，不約而同地轉身，出門，尋找。給他們輸入的指令，就包括留意周圍動靜，留意那些人叫，貓叫，狗叫，老鼠叫，因為那都有可能是狡猾的人類搞的鬼。

這些貓叫的確是從一個叫曉星的狡猾的人類嘴裏發出來的，這是他們計劃的一環——為小嵐和圓圓引開兩個守門的機械人。

早就藏在一旁的小嵐拉着圓圓，趁守門機械人找貓的機會，跑進了監倉那條長長的通道。

第 12 章　騙怪叔叔的小孩子

通道暢通無阻，連半個衛兵都沒有碰到。機械人果然十分信賴電子科技設下的保衛網。

走到一個岔路口，圓圓說：「小嵐姐姐，我們要分開走了。左邊去電子監控室，右邊往囚室。你往右走大約二十米時就會見到十條巷道，那是關押囚犯的地方，哥哥就在第六條巷道。從拐入巷道開始就是監控室的監控範圍，姐姐要遮住巷道口的那個攝像頭，才能進去。如果讓監控室發現，他們就會發出警報，守監倉的八個機械人就會衝出來抓人，那就很可怕啦。」

小嵐點點頭，她抬起手，看着手錶，說：「我們來對一下手錶。現在是凌晨兩點十分，兩點三十分時，你就引開監控室機械人的注意，我就在攝像頭上做手腳。」

「嗯，明白。」圓圓嚴肅地點點頭。

小嵐把圓圓緊緊抱了一下，說：「小心點，完成任務後，在這裏等我。」

「嗯，小嵐姐姐，你也要小心。」圓圓又說，「姐姐，記得跟哥哥的聯繫方法嗎？」

小嵐點點頭：「記得。」

圓圓聲音有點哽咽：「告訴哥哥，我想他。」

小嵐又再擁抱了圓圓一下，並安慰地拍拍她的背：「一定替你把話帶到。」

兩人擊了一下掌，分開了。

圓圓跟爸爸參觀監獄時去過監控室，所以很順利地到了那裏。大門是打開的，可以看到裏面擺了一圈的辦公枱，每張枱前有一個機械人坐着，一動不動，眼睛不眨一眨的，死死地盯着屏幕。

「嗨！」圓圓跑了進去，站在「圈」的中間，朝機械人打招呼。

沒有反應。一屋子十個機械人好像沒看到沒聽到，仍然保持着原來的姿勢。

圓圓心裏歎了口氣，別那麼有敬業精神好不好？

「嗨，你們認得我嗎？我是陳圓圓，我爸爸是總統，我上次跟着爸爸來過。」圓圓轉了一圈，給每個機械人都打了招呼。

十幾個機械人沒有預期般的把身體或眼睛轉過來，只是每個機械人的椅子後面靠背都變成了電子屏幕，屏幕上出現了兩個字：「認得」。

這時已差不多到了跟小嵐約定的兩點三十分，圓圓急了，眼珠轉了轉，說：「大叔們，跟你們玩個遊戲，好不好啊？」

機械人仍然保持原來姿勢，只是椅背的屏幕清一色閃出了一個字：好。

　　圓圓樂了，心想肯跟我玩遊戲就好。她馬上道：「知道這世界有騙小孩子的怪叔叔嗎？」

　　椅背屏幕一齊閃：「知道。」

　　圓圓點點頭，表揚道：「嗯嗯，真聰明。那反過來就肯定會有騙怪叔叔的小孩子啦！下面，我就考驗一下你們，看你們是不是會讓小孩子騙到的怪叔叔。這遊戲是這樣的，我發號施令讓你們做一些動作，但你們就偏不聽，偏要做一些相反的動作。經得起考驗的就算贏。你們想贏嗎？」

　　椅背的屏幕閃出了一個同樣的字：想。

　　圓圓滿意地說：「聽着，遊戲開始了。站起來！」

　　十個機械人很會玩遊戲啊，他們偏坐着。

　　「說話！」

　　他們偏閉着嘴。

　　「睜着眼睛！」

　　他們偏要閉着。

　　「再睜開眼睛！」

　　他們再閉。

　　「再睜開眼睛！」

　　他們再閉，閉得更緊，絕不讓小孩子騙到！機械人

覺得自己好聰明啊！卻不知道正中了小孩子的圈套。

這時約定行動時間到了，通道那邊，小嵐已盯着離地兩米多高的攝像頭好一會，時間一到，她便衝到攝像頭下面，往上一躍，把那貼有照片的小裝置往攝像頭上一套。嘿，大功告成！

電子監控室裏，圓圓看着十個閉着眼睛的「怪叔叔」偷笑，估計小嵐已經給攝像頭動了手腳，便對那些機械人説：「厲害，果然是不會被小孩子騙到的怪叔叔哦！佩服佩服！」

椅背的屏幕齊刷刷閃着一個字：耶！

圓圓任務完成，説了聲「拜拜」，趕緊溜出了監控室。

很有成功感的機械人繼續監視着屏幕，卻不知道其中一條巷道的情境是一張照片。

這邊圓圓完成任務，那邊小嵐的任務才開始。她沿着六號巷道，往裏面走去，找到了第五號囚室。

小嵐警惕地看看四圍，長長的巷道寂靜無人，而兩旁的囚室也都靜悄悄的。夜半三更的，囚犯相信都睡了。

小嵐用指關節在囚室的門上輕輕敲着：「篤，篤篤，篤，篤篤篤，篤，篤篤篤篤，篤，篤篤篤篤篤。」

這是只有圓圓和她哥哥方方之間才懂的聯絡密碼

——方圓密碼。

小嵐等了一會兒，裏面沒反應。小嵐急了，又敲了一遍：「篤，篤篤，篤，篤篤篤，篤，篤篤篤篤，篤，篤篤篤篤篤。」

又等了一會兒，還是沒回應。小嵐心裏急死了，難道陳方方轉了囚室？

正在這時，聽到細微的回應：「篤，篤篤篤篤篤，篤，篤篤篤篤，篤，篤篤篤，篤，篤篤。」

小嵐簡直像聽到了天籟仙音，她急忙小聲說：「你是陳方方哥哥嗎？」

裏面傳出一把清朗的聲音：「是，你是誰？」

91

小嵐興奮地說：「我是圓圓的朋友！我叫小嵐。」

「圓圓的朋友？」清朗的聲音變得興奮，「你是圓圓的朋友？啊，太好了，她一直希望能有朋友！謝謝你肯跟圓圓做朋友。」

小嵐說：「圓圓讓我告訴你，她很想你。」

陳方方的聲音有點哽咽：「我也想她。」

小嵐又問：「你在獄中情況怎樣？」

陳方方說：「還好，只是沒了自由。但是，外面的人也何嘗不是這樣，除了他們身處的地方比這裏大一點，可以做的事情多一點，吃得好一點，他們也跟坐牢沒什麼兩樣。」

小嵐無言以對，的確是這樣。

陳方方又說：「小嵐，這裏危險，不能久呆，你冒着生命危險進來找我，是有什麼事嗎？」

小嵐說：「方方哥哥，的確是有事要找你。我是從別的星球來的，我哥哥被大量輻射所傷，生命危在旦夕，在我們星球無藥可治。所以我把他帶到這裏，希望這裏的先進科技能救他一命。沒想到，醫療系統說我哥哥會對蘋果星球構成威脅，拒絕替他治療。聽圓圓說，你是醫生，所以我來找你，看有沒有辦法救我哥哥。」

「有這樣的事？太過分了！」陳方方顯得很氣憤，他停了停，說，「以蘋果星的醫學技術，治療輻射病早已不是問題，不管多大量的輻射都能治癒。只是，由早兩年開始，蘋果星人看病全部經由電腦醫療系統負責，所以傳統的治療器械及藥物已經全部銷毀。別說我現在身在牢獄，就是自由人，也無法給你哥哥治病了。」

「啊！」就像大寒天一盆冷水澆到身上，小嵐只覺得透心涼，「怎麼辦？萬卡哥哥難道真的沒法救了？」

「小嵐，很遺憾我幫不了你。」陳方方在長歎。

囚室內外一片死寂。突然，陳方方好像想起了什麼：「哎，也許有辦法！」

正沮喪萬分的小嵐突然精神一振：「方方哥哥，

有什麼辦法，快告訴我！」

陳方方興奮地說：「我想起來了，蘋果星歷史博物館有針對嚴重輻射病的特效物！」

「蘋果星歷史博物館？」

「是的。在全面實行電腦醫療系統、銷毀所有傳統醫療器械及藥物時，我們醫學界特別申請把各種病症的特效藥留下樣品，放在歷史博物館的醫學發展廳裏作展品用，當時還是我負責這件事的，圓圓也有去展廳幫忙擺放呢！時間剛過去兩年，藥物應還沒過有效期。」

「那太好了！」真是「柳暗花明又一村」啊！小嵐激動得眼淚都快流出來了，她強按捺下激動的心情，問道，「蘋果星歷史博物館在什麼地方？」

陳方方說：「很容易找的。整個蘋果星就只有兩幢高樓，一幢是二十層的政府總部大廈，另一層就是是六層高的歷史博物館。」

「二十層大廈？」小嵐想起剛來蘋果星的那天見到的那幢大廈，原來是政府總部。

陳方方繼續說：「博物館就在圓圓家往西約七、八公里的地方。不過，小嵐你要有思想準備，進入歷史博物館，比進漢堡監獄難上許多。」

「啊！」小嵐愣了愣，弄不清為什麼去博物館比進

關押重犯的監獄還要難，「博物館不是隨便讓人進去參觀的嗎？」

陳方方忿忿地説：「博物館開放不久就被封了，不再讓人進去參觀。我想，是因為政府想割裂過去歷史，讓蘋果星人忘記過去、接受現實，死心塌地執行新法。」

陳方方停了停，又説，「説回博物館的保安。大廈大門和每層樓的展館大門都設有電子門鎖，如非設定的人員，都不能進去。那裏還有整整九十人組成的一個機械人巡邏大隊，之下分成三個小隊，二十四小時輪流圍着大樓巡邏。一旦發現有人闖進，就放射激光，所以，想闖進去的人是九死一生。小嵐，我勸你還是放棄吧，別到時救不了你哥哥，還把自己的命丟了。」

小嵐説：「九死一生？那不是還有一成機會嗎？為了哥哥，即使只有半成機會，我都要嘗試一下。我不能讓哥哥死。」

囚室裏面隔了好一會兒才發出聲音：「小嵐，你真勇敢，我很羨慕你哥哥，有這麼一位好妹妹。」

小嵐笑笑説：「別誇我，我會驕傲的。我想，如果圓圓有危險，你一定也會捨命去救她的。」

「那肯定！」陳方方又説，「既然你一定要去，我就盡量幫你。兩年前布置展館，我在那裏呆了幾天，對

那裏環境還有些印象。還有，治療攝入大量輻射的特效藥藥名，你一定要記好……」

小嵐細心記下陳方方說的話，然後準備離開了：「方方哥哥，謝謝你！我得走了，有什麼話要帶給圓圓？」

陳方方過了好一會兒才回應：「請告訴圓圓，叫她一定要好好的，等待和哥哥見面的那一天。」

「其實……」小嵐欲言又止。

陳方方等了一會兒聽不到小嵐說話，便問：「你想說什麼？」

小嵐說：「其實，你為什麼不求求你們父親，讓他放了你。這樣，圓圓就不會那樣孤獨了。」

陳方方冷哼一聲，說：「他不會答應的。權力已經讓他迷失了心竅，他變了，變得已經不是原來那個好父親了。希望他念在圓圓一出生就沒了媽媽，多給她一點溫暖。」

小嵐這時才知道圓圓的媽媽早已去世。怪不得一直沒聽她提到過。

陳方方停了停，又說：「我知道爸爸老是說很忙，只許圓圓每個月通過影像傳訊見他兩次。告訴圓圓，如果她想見爸爸，可以按影像傳訊遙控器上的綠色按鈕，那她就可以隨時看到爸爸了，而爸爸那邊是看不到她

95

的。圓圓家的立體影像傳訊儀器，是我替她安裝的，當時我偷偷地多加了一項立體影像單向傳訊功能。」

小嵐説：「好的，我會告訴她。」

陳方方歎了一口氣，説：「小嵐，替我照顧圓圓。」

小嵐嗯了一聲，心裏滿是歉意。自己只能短暫留在蘋果星球，注定要辜負陳方方所託了。

小嵐剛要跟陳方方告辭，聽到裏面陳方方又「哎」了一聲，忙問道：「方方哥哥還有什麼事嗎？」

陳方方説：「你去醫藥廳取藥時，找找有沒有一個有星星貼紙的小瓶子，那是圓圓的東西。她當時不小心擺在展櫃裏，走時忘了拿，後來想起時已經不能進去了。」

「好的。我會帶回去給圓圓。」小嵐答應着。

小嵐跟陳方方告別後，便沿着原路返回。很快去到跟圓圓分手的岔路口，看見圓圓已等在那裏了。

「小嵐姐姐！」圓圓一直忐忑不安的，生怕小嵐出問題，見到她回來，才鬆了口氣。

她緊緊抓着小嵐的手：「找到哥哥了嗎？他還好嗎？」

小嵐摸摸她的腦袋，説：「他説很好，叫你放心。他想你，叫你好好生活，等待跟他見面的那一天。」

「嗯。」圓圓帶着哭腔應了一聲。

她雖然傷心，但還記得萬卡治病的事，她問：「哥哥有辦法給萬卡哥哥治病嗎？」

小嵐看看錶，已經到了跟曉星他們約好離開的時間了，便説：「這個等會兒再講，我們先離開這裏。」

小嵐拉着圓圓，悄悄走到靠近通道出口的地方，躲在陰影裏，盯着大門口那兩個守衞的士兵。

突然，監獄圍牆外面傳來幾聲貓叫。守大門的兩個機械人聽到了，急忙跑了出去，東張西望的尋找貓的蹤影，心想這貓時不時就來騷擾一下，可真煩人哦，簡直跟人類一樣狡猾狡猾的。

那兩個機械人剛離開，小嵐就拉着圓圓飛快地跑出了通道，跑向她們剛才爬進來的那個地方。

圍牆外，曉星在小聲喊：「小嵐姐姐，我們在這兒！」

「好，我先把圓圓托上圍牆，你們幫她下去。」小嵐説着，讓圓圓踏上她肩頭，把她拱上牆頭。

圓圓在曉晴曉星的接應下，很快跳到了外面。小嵐一個人在裏面，沒人幫忙，她又爬不上光滑的牆，怎麼辦？

於是圍牆外面出現了史上第一混亂的場面——由曉晴和圓圓使出洪荒之力，又是推又是頂的，哼呀嗬喲、

97

哼呀嗬喲，把曉星弄上了圍牆，然後由站在圍牆上的曉星伸手把小嵐拉上去，兩人再一齊跳到外面。

幾乎是同時，監倉頂上那兩盞燈閃了閃，銀色射線又「嗖嗖」地射出了。哇，好險啊！

四個人趕緊貼牆站着，免得被死光傷到。過了一會兒，銀色死光消失，小嵐說：「快走！」

四個人很快隱沒在黑暗中，找到自行車，趕忙逃離。

第 13 章　得了神經病的機械人

　　回到圓圓家，天已大亮了。四個人都賴在沙發上裝死，實在太累了。

　　曉星首先跳起來：「小嵐姐姐，方方哥哥怎麼說，有教你治好萬卡哥哥的方法嗎？」

　　小嵐是四個人裏面最累的，她的腿一直在打顫，聽到曉星問，她很不顧儀態地趴在沙發上，把情況說了一遍。

　　曉星一聽就興奮得站了起來：「哇，月黑風高偷藥夜啊，我也去！」

　　曉晴兩眼發亮，一臉向往：「噢，本小姐還沒做過女飛賊呢！我也想去啊！」

　　圓圓剛剛圓滿完成了一次任務，信心滿滿的，所以也賴上了小嵐：「小嵐姐姐，我也去幫忙。我去過歷史博物館呢！」

　　小嵐把頭埋在沙發裏扮鴕鳥，這些傢伙，還以為去偷藥很容易。

　　「好不好嘛！」小嵐兩隻手一條腿都讓人抓住，晃呀晃。

　　小嵐繼續扮鴕鳥。

「快答應啦！」三個小傢伙繼續晃。

小嵐砰地坐了起來：「一個也不帶，我自己去，天黑了就出發。」

不顧小伙伴們幽怨的目光，小嵐徑自去了萬卡的房間。

萬卡臉色比早兩天更加蒼白，他一直在昏迷狀態，唯有那微微起伏的胸膛，表示他還有呼吸。

按老院長說的時間，萬卡哥哥如果再找不到醫治方法，就只能再活三四天了。想到這裏，小嵐一顆心就像被無情地擠壓着，難受得喘不過氣來。

小嵐輕輕坐到萬卡身邊，說：「萬卡哥哥，我等會兒就去博物館拿特效藥，如果取到的話，你的病很快就能好了。萬卡哥哥，保佑我吧！」

萬卡嘴角突然翹了翹，好像在笑，小嵐的心在狂跳，她一把抓住萬卡的手，大喊：「萬卡哥哥，你能聽到我的話，是嗎？是不是？」

萬卡的臉還是跟之前一樣，蒼白、平靜，剛才露出的微笑，也不知是小嵐的錯覺，還是他的無意識行為。但小嵐堅信，剛才萬卡是笑了，聽到她的話笑了。她激動地說：「萬卡哥哥，你放心，我一定會把藥取回來的，你等着！」

晚飯後，雖然幾個小伙伴死乞白賴要跟着去「偷東

西」，但小嵐還是毫無商量餘地拒絕了，自個兒背着小背囊，騎着自行車出發了。

十幾二十分鐘之後，小嵐到了那幢六層的博物館大廈附近，她跳下車，躲在樹後細心觀察着。

這幢大廈外表並沒有什麼特別，方方正正的，為了採光，每層都有一面牆是玻璃幕牆，跟小嵐所在時代的商業大廈沒什麼兩樣。

小嵐留意到，樓房外面並沒有設圍牆，只是設了許多射燈，把大廈照得如同白晝。

還有，如陳方方所說，守衞森嚴。可以看到一隊機械人在圍着大樓不停地巡邏，而大廈入口處則每時每刻放射致命激光，如要闖入，就只能從外牆爬上去。

小嵐繞到大門的後面，在最靠近大廈的一處灌木叢中埋伏着，靜等機會。

那些機械人像走馬燈似地圍着大廈轉，小嵐算了一下時間，那三十人的隊伍，從隊尾消失到隊頭出現，大約是十分鐘時間。從灌木叢跑到牆根，再往上爬，最努力也只能爬兩層樓，還是很容易被機械人巡邏隊發現的。不過，也只能搏一搏了。

於是，小嵐作好衝刺準備，等巡邏隊又一次轉回來，又消失的時候，她一躍而起，衝往大廈。

她站在玻璃幕牆下，迅速從背囊裏拿出早已準備好

的兩隻吸盤。分別固定在左右手上。她先把右手的吸盤往玻璃上一壓，吸盤馬上牢牢吸在玻璃上。小嵐試了試，那吸盤完全可以承受自己的體重。

小嵐很高興，她馬上把左手那一隻吸盤往更高處一按，這隻吸盤也被牢牢地吸在玻璃上了。

開始了，小嵐吐了一口氣，把自己整個人掛在手上。但是，當她想拉起右手的吸盤，移向更高位置時，才發現是何等不容易，她用力拔了幾次，吸盤仍紋絲不動。

天啦，怎麼辦？自己的性命，萬卡哥哥的性命，難道就栽在這隻該死的吸盤上？

不行，天下事難不倒的馬小嵐，怎可以被小小吸盤難倒！萬卡哥哥，我一定要把你救出來！萬卡哥哥，快給我力量吧！

小嵐的小宇宙爆發，不知哪來的力量，她一下把吸盤扯了起來！小嵐心裏興奮得撲通亂跳，她顧不上自豪一會，趕緊把吸盤往上移去……

就這樣，一下，又一下，小嵐幾乎咬碎牙齒，使出洪荒之力去和兩隻吸盤作「鬥爭」。剛剛爬了一層半，機械人巡邏隊轉回來了。

小嵐怕弄出聲響被機械人發現，只好一動不動地趴在玻璃上，心裏還在祈求機械人別抬頭，因為一抬頭就會發現她了。

巡邏隊在下面走過的幾分鐘，小嵐好像捱了一個世紀，好不容易等那羣傢伙走了過去，小嵐又繼續往上爬，醫藥展廳在六樓呢！

就這樣又爬了一層半，爬到三層的時候，巡邏隊又轉回來了。三樓離地面已有一段距離，小嵐這回沒有停下，因為她已經接近精疲力盡了，不知道下一刻還有沒有力氣拔出吸盤往上爬去，不知道自己還能堅持多久，她要趁自己沒有力竭之前爬上去。

四樓了，雖然勝利在望，但這時小嵐渾身是汗，汗水從額上流下來，已經模糊了雙眼，她的手已經累得幾乎抬不起來了。

下面的機械人巡邏隊轉了一圈又一圈，也許長期的平靜令他們放鬆警惕，他們竟然沒有想到要抬頭看看上方，要不小嵐就肯定遭殃了，她整個人軟軟地掛在玻璃幕牆上，根本沒法避，沒法逃。

小嵐腦子裏彷彿有兩個小人在說話，一個小人說：「我不行了，放棄吧！」

但馬上遭到另一個小人的痛斥：「不能放棄，你如果現在放棄，萬卡哥哥就沒命了！」

對，不能放棄，我要救萬卡哥哥，我不能讓萬卡哥哥死。

小嵐努力地把吸盤拔出、按下，再拔出，再按下，

就這樣，她成功了，她終於爬上了五樓。喘口氣，然後再抬高手，往上，再往上……

終於……

小嵐趴在六樓的玻璃牆上，休息了一會兒，從背囊拿出玻璃刀，把玻璃幕牆划出了一個大洞，然後從大洞鑽進了裏面。

準確地講，她是趺進去的。她倒在地上，連動動手指頭的力氣都沒有了。

但一想到萬卡哥哥，小嵐就覺得力氣又回到了身上，她用手撐着地板站了起來，拿出小電筒看看周圍環境。她鬆了一口氣，沒錯，這就是陳方方說的醫藥展廳了。

展廳很大，小嵐只能一個櫥窗一個櫥窗地尋找着那瓶能治嚴重輻射的特效藥，還有圓圓留下的有星星貼紙的小瓶子。

很幸運，在第三行展櫃裏，她看到了圓圓留下的玻璃瓶子，外型像個縮小版的可樂罐，瓶身上貼着星星貼紙，還貼着英文字——Follow me。小嵐顧不得細看，急忙拉開展櫃，把瓶子拿了，放進口袋裏。

繼續找抗輻射藥。小嵐走啊走，找啊找，眼看不遠處就是展廳盡頭了，小嵐好焦急，難道陳方方記錯了，治療輻射的藥物並沒有拿來展覽廳？

正在鬱悶之時，小嵐的眼光落在展櫃裏一個綠色的塑料瓶子上，瓶子上寫着⋯⋯

「輻射清?!」啊，找到了，終於找到了。

小嵐的手有點發抖，她輕輕拉開了展櫃的玻璃門，慢慢地伸手，把那個瓶子拿了出來。

「輻射清。」小嵐看清楚瓶子上的三個字，頓時熱淚盈眶。

萬卡哥哥有救了。

小嵐把瓶子小心地放進了背囊裏。

藥已經到手，得趕快離開，免得被發現，功虧一簣！小嵐背好背囊，轉身往落地玻璃走去。

突然，她腿一軟，站立不穩，一屁股坐倒地上。

她用手撐地，想站起來，可是，她恐怖地發現，手也發軟，身體也發軟，連一點力氣也沒有了。悲劇啊！

為了萬卡哥哥，我不能倒下。小嵐拼命用手一撐，站了起來。她跟跟蹌蹌地走到牆邊，想從洞口爬出去，可是，一條腿抬了幾次，只覺得軟綿綿的，根本抬不起來。

她突然感到恐懼，即使能爬出外面，自己也沒可能像上來時那樣，用吸盤爬下去了。

往下跳？她望望下面，有十多米高啊！跳下去不死也殘廢，更別想把藥帶回去了。得趕緊想辦法！

小嵐的目光落在展廳牆上那巨幅窗簾上，有辦法了！

背囊裏有把萬卡送她的瑞士軍刀，十分鋒利，她把窗簾割成一條一條的，做成了一條長長的繩子。

小嵐把繩子一頭綁在窗框上，一頭綁在自己腰上，然後跨出洞口，抓着繩子往下溜着。

估計快到地面了，小嵐往下一看，不看不知道，一看嚇一跳，天哪，神仙姐姐哪，下面一羣機械人，正仰頭望着她，等着小羊羔自動掉入狼口。

小嵐心裏警鐘長鳴，正想馬上往上爬，沒料到綁在腰間的繩結突然鬆了，「嗖」的一下，小嵐掉到地上了。

幾十個機械人一齊拿出激光槍。

不能坐以待斃！小嵐慌亂地在口袋裏亂掏，想掏出什麼可以作武器的東西。皇天不負有心人，竟讓她掏出了一個玻璃瓶子，於是，她毫不猶豫地朝機械人扔了出去。

「砰！」玻璃瓶子落到地上，跌得粉碎，發出一陣古怪的氣味。

這時，更古怪的事情發生了，那羣機械人一個個竟然收起槍，像小嵐那樣坐在地上。

小嵐愣了愣，但她馬上反應過來，別管他們幹什麼，自己得趕快走。於是，她騰地跳了起來。

沒想到，那羣機械人也跟着她，從地上跳了起來。

小嵐不管三七二十一，拔腿就跑，那羣機械人竟然又像她一樣，跟在她後面拔腿跑了起來。

小嵐哭笑不得，只管朝着她先前放自行車的地方跑去，沒想到踢到了一塊突出的石頭，整個人摔倒地上。

小嵐心想這回完了，機械人肯定趕上來把自己殺了。沒想到聽到晃晃噹噹一陣碰擊聲，她發現後面的機械人竟也像她那樣，一個個跌到地上。小嵐趁這機會，迅速爬起身，找到自行車，騎了上去。

自行車風馳電掣向前奔去。

小嵐回頭一看，見到一班機械人竟然學着她騎自行車的樣子，雙手在前面虛虛地握着，兩隻腳像在踩車子。

什麼毛病？

小嵐很快就把機械人遠遠拋在後面，連影兒也看不見了。這結果是必然的——她是真的在騎自行車，而機械人是在模擬踩自行車的動作。

小嵐覺僥倖之餘，腦子裏升起一個念頭——一定是機械人集體患了神經病。不過這神經病發作得好及時，讓她撿回一條命。不，連萬卡哥哥是兩條命。

雖然已經把機械人甩在後面，但小嵐一點不敢放鬆，她還是拼盡全力蹬着自行車，直到見到圓圓那座獨

立小屋，她才鬆了一口氣。

　　小嵐跳下車，剛要拍門，沒想到一陣天旋地轉，跌倒地上，不醒人事。

第 14 章　果然是小福星

　　小嵐醒來了，不過腦子仍然迷迷糊糊的。她發現自己躺在牀上，想起牀，卻覺得渾身發痠。

　　看看周圍環境，分明是在圓圓家中。自己怎麼了，怎會大白天躺在牀上，怎麼會渾身沒勁，發生了什麼事？

　　她想呀想呀，努力回憶着之前發生的事——

　　萬卡被判無藥可治，只有一周性命；和曉晴曉星一起，把萬卡帶到五十年後；蘋果星球遇到圓圓，辦下臨時居住證；醫療系統拒絕給萬卡哥哥治病；潛入監獄向陳方方求援，陳方方告知蘋果歷史博物館有治輻射特效藥；深夜闖蘋果星博物館，找到特效藥……

　　「啊，藥！」小嵐腦子裏突然一炸，藥呢？能救萬卡哥哥一命的藥呢？

　　在背囊裏！背囊，背囊！

　　小嵐硬撐着坐了起來，她慌亂地找自己那個小背囊。

　　正在驚慌時，房間「吱呀」一聲開了，走進一個人來。小嵐抬頭一看，不禁整個人定住了。

　　一米八幾瘦長挺拔的個子，英俊儒雅的外表，如春

風般和煦的笑容，深潭般的眼睛裏裝着無盡的溫情和寵溺……

那人靜靜地看着她，她也靜靜地看着那人，時光也仿佛靜止了。

「萬卡哥哥？」小嵐有點遲疑，她不相信自己的眼睛。

那人嘴角一翹，笑得無比燦爛。他點了點頭，走近小嵐，朝她張開了雙手……

「萬卡哥哥，你的病好了?!」小嵐撲到萬卡懷裏，痛哭失聲。

她好像要把這段時間的悲傷痛苦、彷徨無助、焦慮擔心、緊張勞累……都化成淚水，盡情發洩。

小嵐是個幸福快樂的女孩，從出生到現在，都沒有這樣哭過，一直哭得天昏地暗，哭得發不出聲音。

萬卡沒有勸止，他明白小嵐這段日子撐得很苦很苦。就讓這可憐的孩子盡情發洩吧！

知道了自己身世，眼看着親生父母受苦卻無法把他們救出來；接着是萬卡不可逆轉的眼睛失明；然後是遭受與萬卡分手的打擊；再後來，是萬卡的不治之症……這一切，都是這個女孩子生命中無法承受的痛。

萬卡輕輕拍着小嵐的背，給她無聲的安慰。

小嵐慢慢止住了哭聲，只是抽泣着，抽泣着。

萬卡説：「小嵐，對不起，我讓你操心了。」

小嵐用萌萌的鼻音「嗯」了一聲。

萬卡又説：「以後的事，就讓我來替你操心好了！你還是當回你快快樂樂、無憂無慮的小嵐公主，好不好？」

小嵐點點頭。

「看，哭得花臉貓似的，難看死了。」萬卡用紙巾給小嵐擦臉。

小嵐心想，你眼睛又看不見，哪知道我哭成什麼樣子。

咦，不對，她心裏一顫，抬頭看着萬卡那雙明亮的眼睛。她狐疑地伸出手，在萬卡的眼睛前面晃了晃。

「幹嗎呀？哭成那樣還忘不了搗蛋！」萬卡抓住了她的手。

「萬卡哥哥，你的眼睛……你、你、你，你能看見了?!」小嵐緊張得結巴起來。

「當然。要不我怎會看到你變醜了。」萬卡笑着説。

「哇！」小嵐竟然又大哭起來 。

萬卡哥哥眼睛復明了，他又可以用一雙明亮的眼睛看世界了！

一連串的喜悦，令小嵐喜極而泣。

萬卡揉揉小嵐腦袋：「怎麼又哭了？怪不得人說女孩兒是水做的，那麼多眼淚。」

小嵐邊哭邊說：「我真受不了啦，真受不了這麼多的驚喜，嗚嗚嗚……」

她突然想到了什麼，抽泣着說：「咦，我不會是在做夢吧？」

小嵐想掐掐自己是否在夢中，但又怕痛，一急之下於是伸手去掐萬卡的臉。

「喂！」萬卡撥開她的手，哭笑不得，「你掐我幹嗎！」

也許是因為撐了許久終於有人替她撐起一片天了，英明神武的小嵐似乎變笨了，她傻傻地看着萬卡，說：「我記得剛剛從博物館回來，太累昏倒在大門口，怎麼一會兒醒來，就發生了這麼多好事！啊，我一定是在做夢！」

萬卡拍了拍她的腦袋，說：「小傻瓜，你這小腦袋想些什麼呀！當然不是做夢，你也不是『一會兒』醒來，你已經睡了兩天兩夜了。」

小嵐嚇了一跳：「啊，兩天兩夜？」

「沒錯，足足兩天兩夜。」萬卡這才把小嵐昏倒在大門口之後，發生的所有事說了出來。

原來，那天小嵐回到圓圓家門口，一直繃得緊緊的

心一鬆，竟昏倒了。幸好被圓圓發現了，急忙叫來幾個數字寶寶，把小嵐抬回了房間。

圓圓因為有個當醫生的哥哥，所以耳聞目睹也懂得一些醫學知識，她給小嵐檢查了一下，發現小嵐只是由於精神緊張又過度疲勞昏倒，得到充分休息便可恢復過來，小伙伴們這才放了心。

大家從小嵐背囊裏找到特效藥，便按藥瓶上的服藥方法，把藥給萬卡服下。蘋果星的醫學果然先進，萬卡吃了一次藥，人就醒過來了，吃第二次藥，身體就開始自我修復，到第二天已能起牀，身體恢復如初。更神奇的是，也許萬卡的眼睛失明就是因為輻射量過大，所以服了輻射清之後，眼睛竟然復明了，這意想不到的好事令萬卡和小伙伴們驚喜若狂。

曉晴和曉星跑到小嵐牀前，撓耳搔腮的乾着急，恨不得馬上把她叫醒，分享這個好消息，只是萬卡希望小嵐能充分休息，勸住了他們……

小嵐聽了萬卡的講述，才知道自己千辛萬苦找來的藥，不但清除了萬卡身上的輻射量，還挽救了他的視力。

「小嵐，謝謝你為我所做的一切。」萬卡拉着小嵐的手，眼裏是滿得快要溢出來的感激。

「小嵐姐姐！」

「小嵐！」

這時門外衝進來幾個人，正是曉晴姐弟，還有圓圓。

「小嵐姐姐你醒來了！太好了太好了，那天我看到你躺在門口，還以為你死了呢！」曉星開心地笑着，嘴巴都快裂到耳朵根了。

圓圓聽不得個死字，不滿地說：「曉星哥哥你真是烏鴉嘴！我早說了，小嵐姐姐才不會那麼容易死呢！」

曉晴挨着小嵐坐下，問道：「小嵐，你怎會昏倒在門口，還一睡就幾天，真讓我們擔心死了。小嵐，你去取藥究竟經歷了什麼？一定很驚險吧？」

小嵐於是給小伙伴們講述取藥經過。當聽到小嵐竭盡全力往六樓爬時，所有人都緊張得手心冒汗，咬牙為小嵐加油；當知道到小嵐千辛萬苦拿到藥，回到地面卻被幾十個機械人包圍時，曉晴曉星和圓圓都驚叫起來了，而萬卡卻把小嵐的手揑得緊緊的，眼裏滿是心痛。

小嵐回想起自己被黑壓壓一大羣機械人包圍着，也不禁心有餘悸：「幸好遇到的是一羣神經病的機械人。」

神經病的機械人？小伙伴們都睜大了眼睛。

小嵐說：「這班傻瓜，我坐下它們也坐下，我站起

來它們也站起來，我跑它們也跑。後來我騎上自行車，它們也在後面學着我雙手握着車把、兩腳踩着腳蹬的動作。趁着它們傻呼呼地瞎折騰，我才擺脫它們跑回來了。」

圓圓想了想，說：「啊，聽你這麼說，怎麼好像我跟數字寶寶們玩過的一種遊戲，這遊戲叫Follow me。」

「Follow me？」小嵐眉毛一揚，她想起了那有着星星貼紙的瓶子上的英文字。

圓圓解釋說：「幾年前，哥哥的一個科學家朋友送了我一瓶嗅劑，只要我打開嗅劑給數字寶寶們聞聞，它們就會乖乖地跟着我做各種動作，跳舞、做操、一字馬……」

「啊！」小嵐大喊起來，「我當時就是朝機械人扔了一個寫着Follow me的瓶子。瓶子本來是方方哥哥叫我拿回來給你的，因為被機械人包圍，我一急，就把瓶子當武器，朝他們扔過去了，瓶子破了以後，發出一種古怪的氣味……」

圓圓嘻嘻嘻地簡直笑翻了：「太好玩了！那就是科學家哥哥給我的嗅劑啊，剩了半瓶，我忘在博物館裏了。嘻嘻嘻，沒想到這麼巧，被你用在了那些機械人身上。」

小嵐也樂了：「哈哈哈哈，怪不得，我還以為自己

117

這樣幸運，遇到了一羣發神經的機械人……」

曉星說：「這是連老天爺也想幫助小嵐姐姐呢！幾年前忘記拿的一個小瓶子，成了你控制機械人的武器。」

萬卡笑着揉揉小嵐的頭髮：「看來，我叫你小福星，真是說對了。」

「哈哈哈哈……」大家都開心地笑了起來。

這次穿越時之旅的目的已達到，萬卡的病已經痊癒，連原來沒寄希望復明的眼睛也看得見了，所以，該是回烏莎努爾的時候了。

雖然相信以萊爾首相及一眾大臣的治理能力，沒有萬卡在的日子，烏莎努爾也不會亂，但國不可一日無君，萬卡的存在還是很能鎮住一些野心勃勃的鄰國的。

但是，圓圓怎麼辦呢？看着那可愛小萌娃像小貓咪一樣依戀的目光，小伙伴們就不忍心提個「走」字。

圓圓最渴望的就是親情，有什麼辦法把圓圓的哥哥陳方方救出來呢？

可是，難啊！陳方方身上被植入了晶片，只要一離開牢房，晶片就會發出警報，他不管逃到哪裏，都會被抓回去。

第 15 章　驚天大陰謀

　　這天晚上，曉晴和曉星，還有圓圓，都早早就睡了。他們已經好幾天沒睡個好覺了。先是夜闖監獄，後來又是小嵐取藥回來後昏睡不醒，令他們擔心得吃不好，睡不安。現在萬卡的病好了，小嵐也沒事了，心頭一鬆，就都睡得香香的。

　　但小嵐和萬卡還沒睡，他們都放心不下圓圓，還有擔心蘋果星球的命運。夜裏的蘋果星比白天加倍的靜謐，就像渺無人煙的萬里荒原。兩人坐在小院的石凳上，默默地看星星。

　　「一個死氣沉沉，但又標榜幸福指數最高的星球。」小嵐把目光從無垠夜空收回來，看着萬卡，「萬卡哥哥，你對這個星球的社會現狀，還有對這個政府，怎麼看？」

　　萬卡說：「我作為一個國王，站在治理國家的立場上，我認為這個政府現時的政策有很多弊病。人類的智慧是在對知識的學習中，工作實踐中不斷積累、更新、進步的。蘋果星人不工作，不從事勞動，每天只是玩樂度日，他們會越來越不愛動腦筋，對社會家庭甚至對自己缺乏責任感，對事物沒有了熱誠，這種情況繼續

下去，蘋果星人類必然出現大倒退。」

小嵐點點頭，說：「說得對。我覺得現在蘋果星球的人，就等於我們那個年代的『隱蔽青年』。在我們的世界，隱蔽青年現象被視為一種社會隱患，被社會和家庭所排斥，沒想到這裏竟然作為一種合法的被制強執行的生活方式。」

小嵐所說的「隱蔽青年」，是指選擇自我封閉，過着足不出戶生活的人。這些人每天大部分的時間在自己的房間度過，與漫畫、電腦、電視為伍，沉迷於網上世界，不願接觸社會，不去學校與公司，甚至不想見家人，的確跟現時的蘋果星人的生活狀況很像。

萬卡點點頭，又繼續說出自己的擔憂：「還有一個很嚴重的問題是，蘋果星的機械人竟然比人類多出十倍，這是一個極大的隱患。萬一有一天人類對它們失去控制，後果不堪設想。」

「是啊，蘋果星人類只有一百多萬人口，而機械人竟然有一千多萬，太不可理喻了。」小嵐想了想又說，「除非所有機械人都能遵守美國科幻作家阿西莫夫提出的『機械人三守則』。我記得第一條守則是機械人必須不危害人類，也不允許機械人眼看人類受害而袖手旁觀；第二條守則是機械人必須絕對服從人類，除非這種服從有害於人類；第三條守則……」小嵐眨眨眼睛，

一時記不起來。

「第三條是，機械人必須保護自身不受傷害，除非為了保護人類或者是人類命令它作出犧牲。」萬卡說完，又表達了自己看法，「在正常使用新科技的情況下，是可以通過設置讓機械人做到的。但如果製造機械人的方法落入那些企圖利用新技術反對人類的人手中，就會出現失控。」

小嵐點點頭，的確是這樣。

「萬卡哥哥，我們找總統談談，好不好？雖然我很不喜歡那個總統，總統也不一定聽得進意見，但為了圓圓和她哥哥，我還是想努力一下。」

萬卡看看小嵐，見她一臉的擔憂，知道她在為圓圓揪心，便點了點頭，說：「你知道怎樣聯繫總統？」

小嵐說：「知道，可以通過立體影像傳訊跟他見面。之前圓圓請他父親幫我們申請臨時居住證，就是用這方法。」

小嵐說着看了看手錶：「現在時間還不太晚，我們現在就去會客室，通過立體影像傳訊找他。」

小嵐拉着萬卡回了屋裏，兩人沿着走廊去到會客室。

門沒鎖，小嵐輕輕一推，就把門推開了。

上次來這裏跟總統見面時，是數字寶寶預先打開了

總統辦公室的影像，所以小嵐他們進去時，就已經見到總統坐在那裏。而這時只見到眼前空蕩蕩的一個大房間，還有窗台上一個遙控器。

小嵐拿起遙控器，研究了一下。看來並不難操縱，上面每個按鈕都有寫明作用。只是有點奇怪，開啟按鈕有兩個，一紅一綠。

小嵐聳了聳肩，不禁想起了在很多電影電視中出現過的畫面——一個烈性炸彈即將爆炸，設定的時間數字在嘀嘀嘀地倒數，而拆彈的人卻還在糾結，該是剪斷炸彈上的紅色線還是綠色線……

小嵐把自己心裏想的告訴了萬卡，萬卡伸手拍了拍她的小腦袋：「傻想什麼，這是遙控器，不是炸彈。隨便按一個吧！」

小嵐嘻嘻笑了起來。她喜歡綠色，就按綠色吧！

大拇指隨着心裏想的，在綠色按鈕上按了一下——

「嗖」的一聲，房間深處出現了一個房間，正是之前見過的總統辦公室。

辦公室裏擺設依舊，只是裏面除了總統外，還多了四個人。他們正在聚精會神地看着牆上一幅大屏幕裏的數據資料。

小嵐發現另外四個人是蘋果星的政府內閣成員，分別是國防部長、科技部長、民政部長、宣傳部長。她在

蘋果星新聞網上見過這些人的照片。

小嵐心想，真不是時候啊，總統在開內閣會議呢！那個壞脾氣的總統肯定不給好臉色看。

不過，既然影像傳訊已開啟，總不能招呼不打一個就離開吧！這樣很不禮貌啊！想到這裏，小嵐小聲給萬卡說了那五個人的身分後，便揚揚手跟那邊打招呼：「總統先生，各位部長，你們好！不好意思，打擾了！」

咦，好奇怪，總統辦公室裏的人一點沒理會，繼續看着大屏幕。

「嗨！」小嵐又再揚手。

那邊的人仍然無動於衷，好像一點沒發現有人在跟他們打招呼。

小嵐和萬卡互相看看，都有點摸不着頭腦。

萬卡說：「難道系統出了故障？他們顯然沒發現我們呢！」

小嵐狐疑地看了一會，突然一拍腦袋，像是想起了什麼：「啊，我記起來了！方方大哥告訴過我，圓圓家的立體影像傳訊裝置是他親自安裝的，他怕圓圓一個人孤單寂寞，想念家人，特別多加了一個功能，就是跟總統的單向影像傳訊，讓她可以隨時見到父親的身影。因為總統限制圓圓每月只能見兩次面。」

萬卡恍然大悟：「哦，怪不得他們無動於衷的！原來他們根本不知道我們在看着他們。」

這時那邊的總統開始説話了，他嗓門挺大，説的話一字不漏地傳到了小嵐和萬卡耳裏：「我們籌劃了幾年，現在時機已到了。資料顯示，至現時為止，機械人與人類的比例為十比一，機械人不論在人數上還是在力量上，都比人類強大許多。我認為，我們可以在一個星期後就開始啟動『顛覆計劃』。大家意見怎樣？」

「顛覆計劃？」小嵐重覆了一遍，他們想顛覆什麼？她用狐疑的眼光看了看萬卡。

萬卡説：「聽聽他們説些什麼。」

只見身型胖胖的民政部長搶着説：「我支持總統的決定。自從兩年前我們把新法令公布，整個星球的人類已經掉進我們設下的美麗陷阱了，他們沒了上進心，沒了責任感，一個個成了只顧吃喝玩樂的蛀米大蟲，智力已經退化，可以任我們搓圓撳扁了。」

國防部長説話聲音很粗，他一邊拍桌子一邊哈哈大笑：「説得好説得好！完全可以讓我們搓圓撳扁。這些笨蛋一天到晚坐着不動，連大門都不邁出一步，身體機能也開始衰退，根本不用擔心他們有反抗能力。不過反抗也不可能了，他們打不過機械人的，哈哈哈哈！」

科技部長一臉陰險，他「嘿嘿」冷笑兩聲：「哼

哼，最幸福星球！只有這些愚蠢的人類才會相信。還以為真讓他們這樣『幸福』下去呢，他們哪想到我們只是利用這兩年，把他們養笨了，養弱了，而把機械人養強大了。哼哼！」

宣傳部長搓着雙手，眼裏放着光，那樣子好像是對着一盤美食，考慮怎樣下嘴：「嘿嘿，你們說，顛覆計劃實行之後，該怎樣處理那些養了兩年的小肥羊呢？」

國防部長一拍桌子：「宰了！」

民政部長眼露兇光：「把他們統統關到監獄！」

科技部長搖着一隻手指，說：「不不不，把他們全部交給我。小孩子和老人，我用來代替實驗室用的小白鼠。青壯年，全部做苦力，趕去開採礦山，機械人數量要不斷壯大，我們還需要大量的礦物做原材料。」

他們那邊說得高興，這邊的小嵐和萬卡卻越聽越感到心驚膽顫，他們終於知道政府推行新法的目的了。所謂的全民福利，所謂的打造最幸福星球，原來是一場騙局，是一個極大的陰謀！陰謀的最終目的，竟然是毀滅人類，把蘋果星變成機械人的世界。

真不明白，他們為什麼要這樣對待同是人類的同胞？

小嵐看着萬卡：「絕不能讓他們陰謀得逞！我們要把真相告訴蘋果星人，要讓蘋果星人起來反抗！」

萬卡點點頭，但隨即兩眉之間皺出了一個川字：「但是有難度。以武力反抗，不可能！大多數人類的武力值不如機械人，何況，兩者數量懸殊呢！」

小嵐想了想，說：「那我們就去破壞他們的機械人控制中心。從根本上摧毀他們的力量。」

萬卡點頭微笑：「對，我也這樣想。」

那邊宣傳部長越說越高興：「……這全靠我們總統頭腦發達、陰險狡猾、心懷叵測、無賴奸詐、蛇蠍心腸，想出了這個偉大的計劃，總統的功勞真是罄竹難書啊！當然，還有我們這四個狐朋狗友，狼狽為奸、虎狼當道、推波助瀾、火上澆油，以蛇蠍之心協助總統把計劃向全星球推行。」

國防部用手使勁一拍宣傳部長肩膀：「真不愧是宣傳部長啊，四字詞就是懂得比我們多！佩服，佩服！」

小嵐和萬卡卻聽到啼笑皆非，這班政府高層得向小學生請教一下語文知識呢！

這時總統又說話了，他把手一揮，對科技部長說：「好，就這樣定了。你等會就去機械人生命基地，命令閔博士給全星球一千萬機械人進行指令重置，輸入新的機械人三守則。我們早前定下的機械人新守則還記得嗎？」

科技部長說：「當然記得。第一條，機械人必須

無條件聽總統的話，服從總統指揮；第二條，機械人必須以人類為最大公敵，把奴役和控制人類作為畢生使命；第三條，機械人必須把快樂建築在人類的痛苦上。」

「好，好！」總統滿意地點着頭，又說，「新指令的生效時間統一定在五天後的早上八時三十分。到那時，蘋果星球歷史就揭開了新的一頁，歷史將由我們重新改寫。」

科技部長點頭說：「是，總統先生！」

總統想起了什麼，問道：「一直給閔博士服用的『迷糊一號』還有嗎？這兩年就靠了這藥，才讓他意識迷糊，乖乖為我們服務。」

科技部長說：「『迷糊一號』還有，不過因為閔博士已經吃了兩年，身體已經產生抗藥性了。藥物由以前一星期服一次，變成要每天服一次才有效。」

總統皺了皺眉頭，說：「我們今後還得依靠閔博士這個『機械人之父』，研究出讓機械人更強大的方法。所以要趕緊找到能控制閔博士的新方法。」

科技部長朝總統彎彎腰：「是的，總統先生。您放心好了，我會想辦法的。」

總統點點頭，又說：「指令重置這件事，事關重大，你要親自去給閔博士布置任務。由明天起計，五天

重置完畢，時間夠不夠？」

科技部長想了想說：「夠了。放心吧，這件事我會親力親為的，您等着好消息好了。」

總統手一揮，說：「好，到第六天的早上，我會親自去到基地，為一千萬機械人啟動新指令，開始我們的顛覆計劃！哈哈哈哈哈……散會！」

看着那邊辦公室的人散去，小嵐關了影像傳訊的綠色開關，她說：「萬卡哥哥，看來，我們要去的地方是機械人生命基地。」

萬卡點點頭，說：「對，我們要阻止閔博士給機械人重置指令，如果新三守則被機械人執行，那對人類來說是毀滅性的災難。」

小嵐說：「聽他們說話內容，這閔博士應是不想幫他們做壞事的，但他們用藥物把他控制了。」

萬卡點點頭：「對。現在我們首先要了解一下這基地在什麼地方，不知道圓圓知不知道。」

「萬卡哥哥，小嵐姐姐，你們要問我什麼呀？」會客室門口傳來一把可愛的聲音，小嵐和萬卡一看，見到圓圓用手擦着眼睛，睡眼惺忪的樣子。

「圓圓，你怎麼醒了？」

「我上洗手間呢！姐姐，你們在這幹什麼呀？」

「圓圓，你知道機械人生命基地在哪裏嗎？還有，

你認識閔博士嗎？」

「嗯。機械人生命基地就在機械人生命基地呀，閔博士就是姓閔的博士嘛！這樣都不懂，姐姐好笨。呵嗚，好睏啊！」圓圓說着，又迷迷糊糊地回自己房間了。

小嵐無奈地聳聳肩，只好等明天再問了。

小嵐和萬卡也得去休息了。明天好多事情要做，得養好精神。

「萬卡哥哥晚安！」

「小嵐晚安！」

第 16 章　前往威士忌山

「小嵐姐姐，我昨天晚上做夢了，夢見你和萬卡哥哥半夜三更在會客室裏，不知道在忙些什麼。」吃早餐時，圓圓對小嵐說。

小嵐敲了敲她的小腦袋，說：「什麼做夢，是真的。」

「啊？」圓圓睜大了眼睛，「我還以為做夢呢！」

曉星一口咬了大半個雞蛋，兩腮鼓鼓的像隻小松鼠，他邊咀嚼邊含含糊糊地問道：「萬卡哥哥，小嵐姐姐，你們半夜不睡，是發現了什麼好玩的嗎？怎麼不叫上我。」

「玩你個頭！」小嵐把手裏最後一點麵包放進嘴裏，用餐巾擦了擦手，說，「告訴你們，我們昨天晚上發現了一件驚天大秘密，正打算吃完早餐就給你們說。」

「啊，驚天大秘密？」

除了萬卡之外，另外三個人都趕緊把嘴裏的東西吞下肚子，然後放下刀叉，做出一副「吃完早餐」的樣子，然後用迫切的目光看着小嵐。

「昨天晚上，我和萬卡哥哥本來打算利用立體影像

傳訊，找總統先生談談蘋果星的情況，提醒他一些事。沒想到，我們無意中啟動了單向影像傳訊按鈕……」

圓圓打斷了小嵐的話，說：「啊，單向影像傳訊？我怎麼不知道有這個功能？」

曉星也問道：「什麼是單向影像傳訊？」

小嵐說：「單向影像傳訊，就是我們在這邊啟動後，可以看到對方的影像和聽到對方說話，而對方就不會看到和聽到我們這邊的情況。這裝置是圓圓的哥哥特地為圓圓的會客室而設的，而單向的對像只是圓圓爸爸。」

圓圓睜大了眼睛：「我明白了。一定是哥哥怕我想念親人，讓我難過的時候可以隨時看到爸爸。」

小嵐點點頭，說：「對。圓圓，你哥哥對你真好！」

「嗯。」圓圓不住地點頭，又對小嵐說，「那你和萬卡哥哥啟動單向影像傳訊後，發現什麼了？」

小嵐說：「我們看到了蘋果星政府的內閣成員在開會……」

小嵐一五一十地把聽到的內容都說了出來。

曉晴和曉星都震驚得張大嘴巴，說不出話來。他們都想不到最幸福星球原來蘊藏着這樣的大陰謀。

圓圓眼裏的淚水終於掉了出來：「我爸爸怎麼會變

成這樣呢！他以前可是很真心地對待蘋果星，很努力地為蘋果星人謀幸福的呀！」

曉晴用手拍着胸口，表示大受驚嚇的樣子，她說：「圓圓，你的總統爸爸太可怕了，他自己也是人類啊，怎可以這樣去對待自己的同胞呢！」

曉星一臉的鄙視：「是呀，真讓人費解。他已經是蘋果星總統了，所有人都在他的統治下，他還想怎麼樣？」

這時萬卡已經吃好了早餐，他放下刀叉，用餐巾優雅地擦了擦嘴，說：「只能這樣解釋，就是總統的野心不僅僅是蘋果星球，他還想把手伸到其他星球去，想當宇宙霸主。因為人類是有思想的，不容易控制，所以，他要製造大量機械人，驅使機械人用武力去壓制人類，先是蘋果星球，然後一步步擴展到其他星球。」

133

曉星嚷嚷着：「哇，圓圓，你爸爸真壞，他要當宇宙霸主，好大的野心啊！」

剛剛止住淚水的圓圓嘴一扁，又想哭了。小嵐使勁拍了曉星一下：「身上癢癢了，找打？」

曉星脖子一縮，吐了吐舌頭。

「爸爸本來不是這樣的，他一定是被人教壞了。」圓圓嗚咽着，「小嵐姐姐，萬卡哥哥，我不想讓爸爸害蘋果星人，不想爸爸成為蘋果星的罪人，我不要『顛覆

計劃』成功。你們幫幫我！」

萬卡説：「圓圓，我們一定會幫忙的。我和小嵐打算去機械人生命基地，阻止閔博士重置機械人指令。」

曉星一聽就嚷起來：「我也要去！」

「我也要去！」曉星和圓圓也異口同聲地嚷着。

萬卡説：「這是一個艱巨的任務，圓圓，你太小不適合去。曉晴，曉星，你們倆留下來陪圓圓。」

「哦——」曉晴曉星拖長聲音。

聽聲音分明很有抵觸啊！可是，萬卡的話他們不得不聽。

萬卡又問：「圓圓，你了解閔博士這個人嗎？」

圓圓睜大眼睛：「你是説閔伯伯嗎？我認識他，他是我哥哥的導師。蘋果星的機械人就是他的研究成果，大家都叫他『機械人之父』。聽哥哥説，他是個很好很了不起的人。這兩年聽説他得了病，留在家裏，什麼人也不見。真沒想到，他原來是被藥物控制，被逼着做那些不願意做的事。閔伯伯好可憐啊！」

小嵐點點頭，又問：「你知道機械人生命基地在什麼地方嗎？守衛會不會很森嚴？」

圓圓搖搖頭，説：「我不知道在哪裏。那地方是政府列為特級保密的，聽説只有總統和內閣成員知道。」

萬卡和小嵐交換了一下目光，都有點犯難。蘋果星

那麼大，如果連機械人生命基地位置都不知道，那別説是五天内，就是五十天都難以找到。

「咦！」圓圓突然一拍腦袋，「我想起來了。有一次我和爸爸用立體影像傳訊見面時，聽到有人跟他説話，説是去生命基地視察的時間到了，請爸爸馬上出發。接着爸爸就跟我説再見了。在影像傳訊消失的一刹那，我聽爸爸吩咐秘書，準備飛行器去威士忌山。」

小嵐很高興：「噢，那就是説，機械人生命基地就在威士忌山了！」

圓圓説：「嗯。」

萬卡對曉星説：「馬上查查威士忌山的所在位置和面積。」

「好，我馬上查查。」機靈的曉星馬上坐到電腦前，很快就查到了，「威士忌山在蘋果星的最南面，離這裏好遠啊！威士忌山範圍很大，全長六百多公里，寬接近三百公里，其中大部分是荒山。哇，要在那麼大的地方找一座基地，好難哦！」

小嵐和萬卡交換了一下眼神，心裏在犯難，只有五天時間呢！還有，這裏沒有公共交通工具，怎麼去威士忌山也是一個大問題。

圓圓挺樂觀，她小手一拍説：「我家有部小型飛行器，你們可以乘坐去威士忌山。另外我可以帶你們去

一下地下室，那裏有我哥哥之前做的很多小發明，我想一定有一些可以幫助尋找機械人生命基地的。」

「啊，那太好了，趕緊去看看。」小嵐拉着圓圓的手，一行五人跟着圓圓去了地下室。

地下室裏堆了很多陳方方的各種小發明，五花八門的，有的放在櫥櫃裏，有的放在桌子上，有的堆在地上。圓圓打開一個鑲着玻璃的櫃子，從裏面的格子裏拿出一個鑰匙圈，塞到萬卡手裏：「萬卡哥哥，你帶上這個！」

萬卡瞧瞧手裏的鑰匙圈，只見上面掛着一隻可愛的小狗，還有一隻胖嘟嘟的貓。

曉星瞧了瞧，説：「圓圓，你幹嗎把這鑰匙圈給萬卡哥哥呀？又不是什麼小發明。」

圓圓説：「笨蛋！這鑰匙圈很有用哩！它是一個探測儀。看，這小狗是探測建築物的，這小貓是探測人的，它們屁股上的小按鈕就是開關。」

萬卡很歡喜地接過鑰匙圈：「這個好這個好。機械人生命基地有可能藏在地底下，這探測器就可以探尋到它的所在。」

圓圓又拿出了一枝像圓珠筆的東西：「萬卡哥哥，這個你拿着，它是一枝微形麻醉槍，不管是人類或是機械人，被擊中之後，就會昏迷不醒。擊一下昏迷一個

小時，擊兩下昏迷兩個小時，如此類推。」

萬卡很高興地收下了。遇到襲擊時，這麻醉槍最有用了。

圓圓撓撓腦袋説：「暫時想不起還有什麼適合你們使用了。」

萬卡説：「沒關係，這兩樣已經可以幫上大忙了。好，我們就馬上出發了，時間不等人。」

萬卡和小嵐每人背了個背囊，裏面裝了些路上吃的餅乾、巧克力和一些瓶裝水，還有禦寒的衣服，然後就出發了。

小嵐和萬卡坐進了飛行器，萬卡能熟練駕駛飛機，所以駕駛原理比飛機簡單許多的飛行器對他來説完全沒難度，坐上駕駛位擺弄了幾下就懂了。萬卡問圓圓：「這裏限制國民外出，我們駕駛飛行器外出會有問題嗎？」

「本來不許的。」圓圓驕傲地説，「不過，這飛行器是哥哥特製的，加裝了避雷達儀器，還有消音器，如果不是飛得太低，就沒有人會留意到的。」

萬卡和小嵐都喜出望外，這陳方方可真是個天才啊！

第 17 章　樹上的水晶小鳥

　　萬卡預設了飛行目的地後，就把飛行器升上了空中，不知是蘋果星球的飛行器本來就很先進，還是由於是陳方方特別製造的所以先進，這部飛行器在空中又穩又快，速度是小嵐他們所在年代飛機的兩倍。而且預設了目的地後，幾乎就不用管了，它會自行穩穩妥妥地飛向目的地。

　　一個小時後，飛行器降落在威士忌山一塊平整的地面上。

　　走出飛行器，第一感覺就是——冷！

　　威士忌山的氣溫起碼比市區低了十幾度，本來已經穿了羽絨衣的小嵐和萬卡，都覺得有點寒氣襲人。

　　小嵐打開背囊，拿出一件男裝的羊毛衣：「萬卡哥哥，趕快把這個穿上。」

　　萬卡接過羊毛衣，又問：「你呢？」

　　小嵐從背囊裏拿出另一件羊毛衣，說：「我也有。」

　　萬卡這才把毛衣穿上了。

　　穿上羊毛衣後，才感到身上暖和了一點。

　　萬卡拿出鑰匙圈，把小狗和小貓的開關撳了一下，

打開了它們的探尋功能，然後牽着小嵐的手上路了。

這時已是正午，陽光從樹的縫隙照下來，地上灑滿斑駁的樹影。地上很多枯枝，踩在上面發出「嚓嚓」的聲響，在寂靜的山林裏顯得分外詭秘。

萬卡和小嵐一路走一路觀察周圍環境，希望看到建築物，但走了幾個小時，都沒什麼發現，鑰匙圈上的小狗小貓也沒顯示有什麼異常。

太陽慢慢西去，夜幕漸漸降臨，馬不停蹄地在山上走了太長時間，兩人都疲倦不堪，萬卡看了看小嵐，說：「我們找個地方休息吧！」

「嗯。」小嵐點了點頭。

萬卡觀察了一下環境，找了一塊比較平整的地方，撿走石頭和泥塊，然後和小嵐坐下歇息。

小嵐打開背囊，從裏面拿出一塊桌布鋪在地上，然後又拿出一包餅乾和兩瓶水放在桌布上。

萬卡拿起一瓶水，扭開蓋子，遞給小嵐，又把餅乾的封口撕開讓小嵐吃，然後自己才拿起另一瓶水，扭開瓶蓋，咕嚕咕嚕喝了起來。

兩人吃完東西，天已全黑了。天越來越冷，這時候，他們才想起忘了帶生火的東西，要不，現在就可以找些樹枝來生火，就不會那麼冷了。

萬卡看了看在微微發抖的小嵐，便想脫下身上的

羽絨衣給小嵐穿上。

萬卡剛拉下羽絨衣的拉鍊，小嵐就知道他想幹什麼了，她急忙制止：「不行，你身體還沒完全恢復呢！」

這點冷她還抵受得住，何況萬卡哥哥剛剛從昏迷中醒來不久。

萬卡說：「你不用擔心我，你取回來的輻射清效果很好，我身體狀況已經恢復到以前的九成了。」

「不行！那不是還有一成有待恢復嗎？」小嵐堅決不讓萬卡脫掉羽絨衣。

萬卡見小嵐堅持，也只好隨她了。但他不想小嵐挨凍，想了想，起身抱來一堆乾枯的樹枝，又找來一塊有棱有角的石頭放在樹枝上，然後從背囊裏掏出一把小刀，用小刀的背一下一下地敲擊石頭。

小嵐一看便知道他想幹什麼，笑道：「萬卡哥哥，你想學原始人『擊石取火』？」

萬卡「嗯」了一聲，又說：「這方法是笨了一些，不過還是想試試。」

小嵐蹲在一邊饒有興趣地看着，萬卡敲了十幾分鐘，但石頭仍沒動靜。

小嵐伸手去拿小刀：「我來敲，你休息一會。」

萬卡見她興致勃勃的樣子，便把小刀給了她，小嵐便學着萬卡剛才的做法，一下一下地敲了起來，才敲了

幾分鐘，便見到火花四濺，樂得小嵐哇哇大叫。

萬卡用手揉了揉小嵐的頭髮，笑着說：「果然是小福星！」

萬卡接過小嵐手中的小刀繼續敲，火花越濺越多，堆在石頭旁的樹枝開始冒煙了。

「冒煙了冒煙了！」小嵐趕緊鼓起腮幫子去吹。「呼」的一下，火燒起來了。

「哇，成功了！」小嵐歡叫着，撿來更多樹枝擱到火上。

守着一堆旺旺的火，小嵐靠在萬卡的肩膀上，感到好溫暖，好舒服，她腦袋一點一點的，打起瞌睡來了。

141

萬卡伸手捏了捏她的鼻子，笑着說：「小福星，這樣睡着會冷壞的。坐好，我去拿睡袋。」

小嵐迷迷糊糊的坐直了身子，萬卡在自己背囊裏拿出兩個睡袋，把其中一個鋪在一處平整的地方。

「小嵐，來，睡裏面去。」

小嵐迷迷糊糊的爬進了睡袋，萬卡又替她拉上拉鍊，只露出了一張小臉。萬卡看她現在的樣子就像一隻蠶蛹，不禁笑了起來。

小嵐大概聽到了萬卡的笑聲，不滿地咕嘟了幾聲，臉頰上的小酒窩也隨着跳了幾下。

萬卡給她掖了掖睡袋，小聲說：「小嵐，晚安！」

他給火堆裏又添了一些樹枝，然後也躺進了自己的睡袋裏。

大清早，萬卡和小嵐幾乎同時醒來，他們都是被冷雨澆醒的。萬卡拉開睡袋的拉鍊，鑽了出來。覆蓋在防水睡袋面上的雨水在低溫下結成了冰殼，此時發出咔咔的聲響。

雖然雨不大，但小嵐還是被雨水弄得不敢睜眼，萬卡趕緊扶她起來，讓她仍裹着睡袋靠着樹幹坐着，又拿出紙巾替她擦着臉上的雨水。

小嵐這時才敢睜開雙眼。只見眼前一片冰雪世界，樹幹蒙上了一層薄冰，葉子全掉光了的樹枝上，包裹着透明的冰凌，整棵樹就像一尊玻璃製成的雕塑。

「好美啊！」小嵐禁不住發出驚歎。

萬卡揉了揉她的頭髮，心裏在歎氣。傻孩子，是很美，但對他們接下來的搜索就麻煩了，寒冷、路滑，成了最大的障礙。

樹枝全打濕了，不能生火，裹着睡袋也好像擋不住刺骨的寒風。兩人就着已結了一半冰的瓶裝水，吃了些餅乾，就收起睡袋，穿上雨衣，冒着毛毛細雨起行了。

天雨路滑，小嵐好幾次差點摔倒，幸好每次都被萬卡及時扶住了。走了十來分鐘，小嵐突然指着前邊一棵樹，聲音顫抖地叫了一聲：「萬卡哥哥，你看！」

橫出的一根枝幹上，孤零零地站着一隻小鳥，牠小小的腦袋低垂着，顯得十分安靜和乖巧，黃色的羽毛上覆着一層晶瑩剔透的冰殼，看上去像是水晶做成的。

一隻被凍僵了的可憐的小鳥兒。

「快救救牠！」小嵐大聲喊道。

萬卡走上前，小心翼翼地把小鳥從樹枝上拿下來，小小的身體已經像冰一樣硬。

萬卡搖搖頭：「沒救了。」

小嵐心裏很難受，説：「萬卡哥哥，我們把牠埋了吧！」

「嗯。」萬卡拿出小刀，在樹下挖了一個小坑。

小嵐拿出一塊手絹，把小鳥兒包裹住，然後輕輕把牠放進了坑裏。

埋好小鳥，萬卡替小嵐擦去了眼角一滴淚水，説：「走吧！」

兩人在山路上跋涉着，又幾個小時過去了，仍然沒發現有建築物的影跡。這時，雨停了，但寒冷繼續着。小嵐又冷又累，走路一瘸一瘸的。

「休息一下吧！」萬卡找了塊乾淨的大石頭，讓小嵐坐下，然後從衣袋裏拿出被自己體溫捂暖了的水，旋開瓶蓋，遞給小嵐。小嵐戴着厚厚的手套，拿了幾次都

拿不住，只好脫了手套，再接過水，喝了一大口，然後還給萬卡。

萬卡看着小嵐的手，心突然一陣刺痛。那纖秀白晢的手指，指尖已經泛出烏紫色，顯然是凍傷了。

萬卡一把抓住小嵐的手，輕輕揉着她的手指，聲音焦急：「痛不痛？」

小嵐驚訝地看看指頭，這才發現它變了顏色。不過，她一點沒覺痛，因為她的手已經沒感覺了。

萬卡好心痛，他用自己的兩隻手把小嵐的手合在中間，溫暖着，他衝動地説：「小嵐，我們別找那個什麼鬼基地了，回去吧！」

「啊，為什麼？」小嵐驚訝地問。

「我……」萬卡皺了皺眉頭，「我不想你受苦。」

小嵐説：「萬卡哥哥，不能半途而廢。蘋果星一百萬人等着我們去解救啊！」

小嵐説完站了起來，徑自在前頭走了。

「小嵐，小心！」萬卡急忙上去攙着她。

第 18 章　國王廚師

山中第三日，天氣放晴，沒了那些討厭的雨雪，寒冷也不那麼咄咄逼人了。

這幾天裏，萬卡和小嵐已走了威士忌山很多地方，但一直沒有發現機械人生命基地的蹤跡。

天氣轉暖後，小嵐的手指也隨着好轉，那令人心驚的紫黑色也漸漸淡去。

這時，小嵐和萬卡並肩坐在一塊大石頭上，兩人吃着餅乾充飢。小嵐看看時間已近中午，不禁很擔心，時間不多了。

她腦子裏不知為什麼突然出現那隻死去的小鳥兒的影子。心想：不能讓人類的悲劇出現，不能讓圓圓像小鳥兒那樣失去生命！

「萬卡哥哥，我們才把這山搜索了不到一半吧？只剩下一天半時間，怎麼辦？」小嵐看着萬卡，問道。

「我們盡力而為吧！」萬卡説，「如果明天下午仍然找不到基地，我們也只能回去了。我們必須在『顛覆計劃』實施之前離開蘋果星，回到地球。」

小嵐不安地説：「那圓圓怎麼辦？我不想她成了實驗室的小白鼠。」

萬卡説：「她父親是總統，他不會那麼殘忍地對待自己女兒吧！」

小嵐歎了口氣：「很難説。那位總統根本是冷血的，陳方方是他親生兒子，但僅僅因為陳方方不贊成新法，他就把陳方方判了無期徒刑。」

萬卡搖頭歎息：「有句話叫虎毒不食兒，怎麼有人連畜生都不如。」

「難道權力的誘惑就這樣大，足以讓一個人泯滅人性嗎？只要想到蘋果星人今後的命運，我就又氣憤又擔心。」小嵐説到這裏，用祈求的目光看着萬卡，「萬卡哥哥，我們無論如何都不能扔下圓圓不管，不能扔下蘋果星人不管。萬卡哥哥，你一定要救他們，答應我。」

萬卡看着小嵐，那雙美麗清澈的眼睛充滿懇求，不禁心軟了。他伸手揉揉小嵐的頭髮，説：「放心吧，我會想辦法的。」

「謝謝萬卡哥哥。」小嵐一顆不安的心平靜下來了。

她相信萬卡哥哥的承諾，因為這是真正的天下事難不倒的萬卡哥哥啊！

又是大半天過去了，眼看太陽已開始落下，天色開始變暗，而這時小嵐累得全身痠軟，兩條腿沉重得像灌了鉛似的，每走一步都要付出極大努力。

「休息一下吧!」萬卡看眼裏,痛在心裏。

「不!再找一會兒。」小嵐毫不猶豫地搖搖頭。

時間不多了,不能再浪費。

萬卡不再説什麼,只是一把將小嵐背起。

「萬卡哥哥,你……」小嵐嚇了一跳,就要下來。

萬卡哥哥也很累啊!

「別動!」萬卡雙手霸道地把小嵐箍得更緊。

小嵐只好乖乖地伏在萬卡背上不動了。

萬卡的背寬闊有力,小嵐往上面蹭了蹭,感覺很溫暖很安心。她突然想起了一件想問但又一直不敢問的事,這時把心一橫,問道:「萬卡哥哥,你説要跟海倫訂婚的事,是真的嗎?」

話一出口,心裏就很忐忑

萬卡説:「當然是……」

「啊!」小嵐心裏一沉。

「……假的!」沒想到萬卡還學會了搞怪,小嵐直想在後面砍他一脖子。

不過小嵐更多是開心,她在萬卡背後偷着樂,心裏好像有千萬枝煙花在「啾啾啾」地往外迸放,整個世界都變得絢爛多彩。原來心花怒放的感覺是這樣子的!

「小嵐,你原諒我吧!那時候身體狀況不好,眼睛又看不見,心裏想着不能連累你,就想出一些理由,和

未來世界的公主

姨婆合起來騙你，希望你離開我。」萬卡話語裏滿是歉意，「小嵐，我以後再也不會讓你傷心了。」

小嵐很想揍面前這傢伙幾下，但手冷得僵硬了，只好在背後朝萬卡扮了很多個鬼臉以洩憤，又惡狠狠地威脅說：「以後再敢騙我，打得你變豬頭。」

「以後再也不敢了，公主殿下！」萬卡笑着說。

小嵐正想說什麼，突然隱隱約看見前面有一樣東西，不同於樹木山石一類的東西，她不禁喊了起來：「快看，前面有東西！」

萬卡也看到了，他不由得精神一振，背着小嵐快步

奔去。

離那「東西」越來越近，兩人幾乎同時看清了那是什麼，心裏一下子被失望充滿了。

飛行器！原來那正是幾天前被他們停在一塊小空地上的飛行器。他們在大山中間繞了一圈，繞回來了。

兩人默默地走到飛行器前面，萬卡用遙控器打開艙門，又把小嵐抱到裏面，小心地把她安置在一張軟椅上。

這時，天已經全黑了。

萬卡關好艙門，把寒氣擋在外面。他利用飛行器裏的加熱器，把一瓶冷結了一半冰的水弄暖，遞給了小嵐：「喝一口，暖和暖和。」

「嗯。」小嵐接過喝了一大口，微燙的水流進胃裏，身上頓時變暖了。

這時，她肚子「咕咕」地響了幾下，不禁有點尷尬。萬卡笑着揉揉她的頭髮，說：「餓了吧，我給你弄點吃的。」

「謝謝萬卡哥哥！」小嵐喜滋滋的。

陳方方這飛行器設計得很周到，裏面有個小雪櫃。而來之前圓圓已在雪櫃裏放了好些簡單食材，以備不時之需。

小嵐饒有興趣地看着萬卡像隻勤勞的小蜜蜂那樣，從雪櫃裏拿出凍肉、青豆、小蘿蔔等做西餐的食材，洗洗、涮涮、切切，然後打開煮食爐烹煮，馬上，就聞到了肉香。又過了一會兒，色香味俱全的一碟黑椒雞扒就擺在小嵐面前了。

小嵐只覺得眼前一亮。萬卡身為國王，平日根本不會下廚，小嵐一直以為他不會做飯呢，沒想到他做起來還挺像樣的。

「吃吧！別餓壞了。」萬卡溫柔地朝小嵐笑着。

「哦。」小嵐也就不客氣地開動了。

哇，不錯不錯，火候正好，雞扒嫩滑鬆軟，加上小嵐肚子正餓，於是風捲殘雲，一會兒就吃光了。

再喝一口暖暖的橙汁，哇，世界圓滿了。

萬卡已經吃完，他滿臉寵溺地看着小嵐，覺得她的樣子像極了一隻吃飽喝足的小貓咪，不禁呵呵地笑了起來。

「笑什麼？不許笑！」小嵐也覺得自己的吃相不佳，見萬卡笑，便朝他晃了晃拳頭，威脅道。

萬卡舉起雙手表示投降：「好好，公主殿下，本國王不笑了，不笑了！」

「好，本公主饒恕你一回。」小嵐得意地說。

小嵐往躺椅上一躺，突然又想起了這次進山的任務，原先笑得彎彎的眼睛又黯了黯：「萬卡哥哥，還剩下明天一天了。」

萬卡伸出手，把小嵐一縷滑到額前的頭髮撩到旁邊，說：「睡吧，別擔心，辦法讓萬卡哥哥來想。」

小嵐看了萬卡一眼，那張英俊堅毅的臉令她放了心，她點了點頭，長長的睫毛垂下，在她臉上投下了濃重的陰影。她慢慢進入了夢鄉。

萬卡拿了張羽絨被給小嵐蓋上，小嵐長長的睫毛抖了抖，就像蝴蝶的翅膀一撲一撲的，像要飛起來。

萬卡目不轉睛地看着小嵐美麗的臉，好像總也看不夠。

這表面弱質纖纖的女孩子，心裏卻住了一個好打不平、鋤強扶弱的女俠。不能讓她希望落空，不能讓她

眼睜睜看着圓圓和所有蘋果星人陷入苦難，她會一輩子不得安寧的。

萬卡想好了明天怎麼做了，於是安靜地在另一張躺椅上睡下，進入了夢鄉。

第二天一早，小嵐就醒來了。她四周張望了一下，發現不見了萬卡。萬卡哥哥去哪裏了？她推開飛行器的艙門，冒着刺骨的寒風走了出去。

萬卡站在空地上，抬頭望天像在觀察着什麼。小嵐喊道：「萬卡哥哥，早上好！」

萬卡扭頭看着小嵐，臉上露出溫柔的微笑：「小嵐，早上好！」

小嵐說：「萬卡哥哥，你想出辦法了嗎？」

萬卡點了點頭，說：「等會我駕駛飛行器，在威士忌山上來回盤旋，這樣就可以快速而又無死角地搜索一遍了。」

小嵐一聽便搖頭反對：「這辦法不是在圓圓家商量時被否決了嗎？陳方方設計的探測儀，只能作近距離搜索，而飛行器不能作低空飛行，因為山上參天大樹太多了，如果碰到樹梢，就很危險。」

萬卡說：「但是現在只有這辦法了，能在短時間內把大山徹底搜索一遍，靠走路是絕對不能做到的。」

小嵐想了想，像是下了決心，說：「好，就用這辦

法吧！萬卡哥哥，我們豁出去了。」

「我們？」萬卡看了她一眼，說，「小嵐，我是說我一個人開飛行器搜索。」

小嵐一聽急了：「不行！我們一塊去，我不能讓你一個人去承受危險！」

萬卡定睛看着小嵐，小嵐用堅定的眼神回望，萬卡無奈地說：「好吧！我們吃了早餐就出發。」

「好！」小嵐見萬卡答應了，高興地跑回了飛行器，「萬卡哥哥，快給我煮好吃的！」

因食材所限，萬卡做了太陽蛋加香腸，還烘了幾片麵包。雖然是最簡單常見的早餐，但小嵐還是吃得津津有味，因為相比這幾天吃的餅乾，這已經是帝王級別的早餐了。

時間不等人，吃完早餐，萬卡就做好了起飛的準備了。他摸摸腰間，突然喊了起來：「咦，鑰匙圈不見了？」

「啊！」鑰匙圈就是探測儀，如果沒了，那找到生命基地的可能性就會大打折扣。

萬卡說：「小嵐，你下去幫我找找，可能掉在我今早站的地方了！」

「好！」小嵐急忙拉開飛行器的門，跳了下去。

小嵐走了十幾米時，聽到萬卡在背後喊道：「小

嵐，你就在這裏等我，我起飛了！」

「啊！」小嵐大吃一驚，一回頭，見到飛行器已慢慢上升。

「萬卡哥哥，你騙人！」小嵐追着飛行器氣惱地大喊着。

發現上當了，但已經無可奈何，因為飛行器已經越飛越高，很快升上了樹木的上面。小嵐只好大喊：「萬卡哥哥，千萬小心！」

萬卡看着下面急得一跳一跳的小嵐，心裏説：「小嵐，對不起了，這麼危險的事就讓萬卡哥哥去做吧！」

第 19 章　倒扣的巨碗

飛行器在威士忌山上空盤旋着，現代化的飛行器果然比人的兩條腿快捷妥當千百倍啊，不到十幾分鐘，就繞着大山轉了好幾圈。不過，這過程也是險象百出的，好幾次差點撞上了樹梢，令萬卡出了一身冷汗。

但令人心焦的是，探測儀還是沒有動靜，這該死的機械人生命基地，究竟藏到哪個角落裏了！

萬卡想，有可能是飛行器飛得太高，令探測儀功能減弱，於是把高度又降低了一點。

飛行器轉了一圈又一圈，為了及時躲避那些長得格外高的樹木，萬卡精神高度緊張，時不時把飛行器拉高、降低。

就在這時，鑰匙圈上那隻小狗響了起來：「嘀，嘀，嘀，嘀……」

萬卡大喜，這是探測儀發現建築物了！

萬卡馬上控制飛行器下降。

正在這時，意外發生了：一棵特別高特別粗的大樹像海洋中的巨型燈塔，出現在飛行器前方，萬卡急忙閃避，但左側還是撞向了樹梢。飛行器頓時失去控制，直線下落。

説來也巧，飛行器下落的地方離小嵐等候的地方相隔不遠，小嵐目睹了飛行器下降及撞到大樹，然後墜落的過程。

「萬卡哥哥！」小嵐嚇得魂飛魄散，拔腿就朝墜落的地方跑去。

「機毀人亡，機毀人亡……」一個可怕的聲音在她耳邊不斷響着，小嵐只覺得兩條腿軟綿綿的，怎麼跑也跑不快。

用了大約十分鐘時間，小嵐才跑到了飛行器墜下的地點，眼前的飛行器，已經摔成五六截，冒着一縷縷可怕的黑煙。

「萬卡哥哥！」小嵐哭叫着，不顧一切地跑向飛行器殘骸，她要救萬卡哥哥。

「小嵐！」忽然傳來一聲叫喊，聽在小嵐耳裏簡直像天外仙音——這是萬卡哥哥的聲音！

「小嵐，別走近，危險！」又是一聲大喊，聲音是從上方傳來的。

小嵐朝聲音發出的地方一看，只見旁邊一棵茂密的大樹上，萬卡雙手攀住一根粗大的枝幹，正在靈活地往下爬。幾分鐘後，他砰一聲跳下地。

「萬卡哥哥，我還以為你……」小嵐不顧一切地撲過去，把他緊緊摟住。

萬卡拍着她的背，説：「沒事了，沒事了！」

小嵐足足抱住萬卡幾分鐘，才從極度驚恐中清醒過來。這時，她兩條腿還是軟綿綿的，快站不住了。

「萬卡哥哥，你把我嚇死了！」

「對不起對不起！飛行器碰到樹梢了。幸好我及時打開艙門跳了出來，又及時抓住大樹上的枝幹……」萬卡帶歉意地看着小嵐嚇得煞白的小臉，接着又興奮地説，「告訴你一個好消息，找到建築物的方位了。」

「啊，真的？那太好了！果然是天下事難不倒的萬卡哥哥！」小嵐高興得嘴巴都合不攏。

萬卡揉揉小嵐的頭髮，説：「不過，還不能確認這建築物就是機械人生命基地，我們得趕緊去看一下。」

「好！」

萬卡按着探測儀顯示的位置，終於發現了一座藏在一片茂密山林裏的半圓型的建築物。藏得太隱蔽了，如果不是有探測儀，就是路過也不會發覺。

兩人先不急於走近，而是細心觀察了一下環境，發現建築物周圍並沒有人放哨，也沒有人守衞，這才放心地走了過去。

建築物就像一個倒扣着的巨碗，兩人圍着「大碗」走了一圈，沒發現有窗戶，只發現了一扇很隱蔽的門。這門很奇怪，上面沒有鎖，也沒有把手，跟牆壁嚴密地

結合着，如果不細心看，就根本不會發覺這是一扇門。

兩人研究了好一會，也沒研究出開門的方法。萬卡使勁去推，那門又紋絲不動，挺令人鬱悶的。

眼看時間在一點點過去，萬卡和小嵐還是打不開那扇門，怎麼辦呢？

突然萬卡靈機一動：「小嵐，你項鍊上那隻戒指能打開所羅門寶藏的大門，又能打破黑太狼的飛船防護罩，不知能不能……」

萬卡沒說完，小嵐就明白他的意思了，她驚喜地說：「對啊，我們可以試試能不能用這戒指打開基地的大門！不過……」

小嵐抬頭看了看太陽：「以前幾次都是用月亮的光芒啟動戒指，現在是白天，頭上只有太陽……」

萬卡說：「來不及等到晚上月亮出來了，我們用陽光試試吧！」

「好！」小嵐立即把藏在衣領裏的項鍊掏了出來，拿起掛在上面的白玉戒指，對準太陽。

陽光照在戒指上面，閃爍生光，令人眩目。

過了一會兒，戒指上的光像水一樣流動起來了，千迴百轉之後，變成藍色……

「啊，變色了，變色了！」小嵐興奮地喊了起來。

藍光越來越強，變成一束光柱，「嗖」地射向大

門，大門竟然緩緩地往一邊退去，露出寬敞的入口。

「成功了！」萬卡和小嵐交換了一下激動的眼神。

兩人按捺住激動的心情，手拉手走進了大門裏。迎面是一個寬闊的大廳，但奇怪的是大廳裏什麼也沒有，連桌椅都沒有。大廳的盡頭，呈放射性的有五條通道。

時間寶貴，該走哪一條通道才能找到閔博士？

小嵐突然想起了鑰匙圈上的小貓：「萬卡哥哥，留意小貓的反應，那是生命探測儀，能告訴我們哪條通道有人類。」

萬卡一拍腦袋，嘿，怎麼就忘了呢！他趕緊拿着小貓，在各條通道前面慢慢走過。

159

走到最右面的通道時，小貓突然發出「嘀嘀嘀嘀」的聲音，萬卡停下腳步，興奮地朝小嵐看了一眼，小嵐拉着萬卡的手，兩人快步走進通道。

通道是螺旋形的，斜着向下，而且十分光滑，踩在上面，人就有向下滑的感覺，萬卡看了看小嵐，兩人默契地一齊説：「滑下去！」

兩人手牽手坐了下來，開始迅速下滑。耳邊風聲呼呼，大概過了一分鐘，終於到達地面。

萬卡把小嵐拉起來，兩人開始打量眼前，只見又是一道大門，門上鑲嵌着大幅玻璃，可以清楚看到裏面情況。

裏面大約一千多尺，四面牆壁上鑲着一面面屏幕，屏幕上面一行行數字在不斷變化着。

中間是一張可以容納幾十人一起工作的巨大工作枱，工作枱上放着許多台電腦。這時房間裏只有一個人在忙着，那是一個頭髮花白的老人。

「閔博士？」萬卡和小嵐交換了一下驚喜的目光。

小嵐上前推門，還擔心像大門一樣難以開啟呢，沒想到輕輕一推，門就開了，小嵐拉着萬卡的手，走了進去。

「請問，您是閔博士嗎？」小嵐問。

那老人正在電腦上操作着，十指在按鍵上飛舞。見到有人進來，他抬起頭，兩眼呆滯地看了看進來的人，沒作聲，又低頭繼續工作。

小嵐看到老人脖子上掛有胸卡，似是員工證，便走過去看了看，果然見到上面寫着「閔行止博士」五個字。

「萬卡哥哥，太好了，真是閔博士呢！」小嵐高興極了，找到閔博士，就可以制止他重置指令了。

但是，怎樣才能讓他停止重置，還有，怎樣才能讓他把已經重置了的指令取消呢？萬卡和小嵐犯難了。

閔博士吃了「迷糊一號」，已經不由自主，只能按照總統的命令去做。

小嵐對萬卡説：「讓我去試試，看能不能喚醒他。」

於是她坐到閔博士身旁，説：「閔伯伯您好，我是小嵐。」

閔博士扭頭一臉迷惘地看了看她，重覆了一句：「小嵐？」

説完又低頭繼續工作。

小嵐見閔博士回應她，十分高興，忙説：「是呀是呀！您能停下手裏的工作嗎？」

閔博士又是一臉迷惘地看了她一眼，把她説話裏的最後一句重覆一遍：「能停下手裏的工作嗎？」

小嵐耐心地又説：「伯伯，您千萬不要重設機械人的指令，這裏面牽涉到一個大陰謀。以總統為首的內閣出賣人類，要把蘋果星球變成機械人世界呢！」

閔博士仍然一臉迷惘，又把小嵐的話重覆了一次：「把蘋果星球變成機械人世界。」

説完又再十指飛舞地工作着。

小嵐沉不住氣了，她用手使勁晃着閔博士的胳膊，説：「閔伯伯，您快醒醒，快醒醒！」

閔博士看看自己被晃動的胳膊，又看了小嵐一眼，嘟囔着：「您快醒醒，快醒醒！」然後又埋頭工作。

「唉，伯伯，您怎麼會這樣子啊！」小嵐失去耐性

了，她無奈地看着萬卡，「怎麼辦？怎樣才能喚醒閔博士？」

天下事難不倒的馬小嵐，以及真正的天下事難不倒的萬卡國王，一齊撓頭。

總不能一巴掌把閔博士砸昏了吧？不能對老人家不敬！而且這麼大年紀，打壞了怎麼辦？何況，把他砸昏了，也不能徹底解決問題，因為在這幾天裏，博士應該已把大部分機械人的指令重設。也就是說，起碼有八百萬的機械人，將在十幾二十小時後開始執行新指令，一百萬的人類將被他們控制。

只有喚醒閔博士，才能扭轉蘋果星目前的危急狀態。

可是，怎樣才能把他喚醒呢？

這時候，聽到外面通道有動靜，像是有人下來的樣子。

萬卡見旁邊有一道小門，忙拉着了小嵐走過去。把門掩上，留下一條門縫，觀察着外面情況。

第 20 章　閔博士要收學生

玻璃門「依呀」一聲推開了，走進一個男人。原來是之前見過的那名科技部長。

只見他快步走了進來，走到閔博士面前，喊了一聲：「閔博士！」

閔博士抬頭看了看，又低下頭工作。

科技部長看了一會四面牆上急促變幻的數字，然後自言自語：「進度還可以，已經重設了百分之八十多了，明天八點前全部完成應沒有問題了。」

他看看錶，嘀咕着：「到時間給這老傢伙吃藥了。」

他拿了一個杯子，去茶水房斟水。

萬卡小聲說：「得制止他，不能讓他給閔博士吃藥！」

「對！少吃這一次的藥，閔博士應該很快會清醒了。」小嵐說着看了看科技部長高大的身形，說，「我們兩人能制服他嗎？」

萬卡從口袋裏掏出一枝筆，晃晃說：「不用擔心，你忘了這麻醉槍了？」

啊，怎麼忘了呢！小嵐高興得差點叫起來，嚇得

萬卡趕緊摀住她的嘴巴。

這時，科技部長拿着一杯水回來了，萬卡趁他走近時，瞄準他開了一槍。科技部長身體抖了一下，跌倒在地上，手裏的杯子也「哐噹」一聲打碎了。

「成功了，萬卡哥哥槍法真好！」小嵐拍着掌。

萬卡拉着小嵐的手走出小房間，邊走邊說：「我可是受過特種兵訓練的，這麼近的距離，小意思啦！」

科技部長像隻死豬一樣一動不動，小嵐說：「圓圓不是說用麻醉槍打一下就會昏迷一小時嗎？得給他多打幾下，讓他別那麼快醒來。」

萬卡應了一聲，用麻醉槍對着科技部長打了十幾下，這下子，他在明天早上八點前都不會醒了。

萬事俱備，只欠東風，現在就寄希望於閔博士身體裏的藥力過去，快點清醒了。

時間在一點點過去，閔博士還是老樣子，低着頭十隻手指在敲擊鍵盤，發出清脆的「啪啪啪啪」聲音。小嵐對着閔博士拜了拜，嘴裏嘀嘀咕咕地說：「閔伯伯，求求您了，快點清醒吧！」

話音剛落，閔博士的手指突然停住了，兩眼「嗖」地向和小嵐看過來，把小嵐嚇了一跳。

他的眼神清澈，精明睿智，全沒了之前的迷惘和癡呆。

小嵐睜大眼睛看着他：「閔伯伯，您……您……」

閔博士站了起來，一臉疑問：「你們是誰？怎麼會在這裏？這裏是禁區，只有我和總統以及內閣成員才能進來。對了，我剛剛成功造出了『高智能一號』機械人，正在撰寫研究成果報告，咦，報告呢？」

閔博士看了看自己剛剛進行着的工作，眼睛突然大睜：「老天，我究竟在幹了些什麼呀，我竟然在更改機械人三守則！天哪，天哪，這重設的新守則是怎麼回事？是哪個渾蛋想出來的，這分明是要讓機械人禍害人類啊！」

他嚴厲地看着小嵐和萬卡：「告訴我，發生了什麼事？」

165

萬卡說：「閔博士您好！我叫萬卡，她叫小嵐。其實，您已經被藥物控制兩年了……」

閔博士嚇了一跳：「什麼，我不明白，什麼叫『被藥物控制兩年』？」

「伯伯，是這樣的。」小嵐一五一十地，把這兩年蘋果星政府內閣推出新法之後發生的一切，以及她和萬卡無意中發現的驚天大陰謀，全告訴了閔博士。

「怎可以這樣做？怎可以這樣做？」閔博士一拍桌子，十分憤怒，「總統瘋了嗎？咦，按理不會那麼快就換屆的，這新總統叫什麼名字？」

　　萬卡和小嵐互相看了看，他們只知是圓圓父親，但卻不知他名字。小嵐說：「他姓陳。大約四十上下年紀。他女兒叫圓圓。」

　　閔博士說：「哦，是陳方圓！還是陳方圓做總統。當年就是他支持我研究智能機械人的，研究有了成果後，他又支持大批生產，以提高蘋果星的生產力。但是，他是贊成把機械人數量控制在十比一的範圍內的，怎會現在這樣糊塗，竟然本末倒置，人類跟機械人的比例竟然反轉，機械人竟然有一千萬之多，實在是不可理喻！還有，之前設置的機械人三守則是他批准同意的，現在怎麼又改成這毀滅人類的新三守則？」

　　他突然大聲說：「我一定要制止這件事！」

　　萬卡說：「閔博士，拯救蘋果星人類就全靠您了。這幾天，一千萬機械人已經有百分之八十多被您重設了新指令，明天早上八點，這些指令就會啟動，那蘋果星就徹底淪陷了。所以，您現在得趕緊把這幾天已經設定的新指令取消。」

　　閔博士大吃一驚：「什麼，已經重設了百分之八十多?! 我的天，現在離明天早上八點已經沒有多少時間了，取消八百多萬機械人的重設指令，怕來不及了！怎麼辦怎麼辦？」

小嵐説：「閔博士，我和萬卡哥哥能幫您嗎？」

閔博士頭痛似的摸着前額：「不能。因為在檔案庫裏，每個機械人都有單獨的指令密碼。當初為了提防有人利用機械人來顛覆星球，這些密碼全記在我的腦袋裏，所以一千萬機械人芯片的任何變動，都只能靠我一個人。」

「也許我有辦法。」萬卡走到一台電腦前，對閔博士説，「博士，您告訴我怎樣進入機械人檔案庫，還有取消重設指令的方法。」

閔博士懷疑地看了萬卡一眼，不相信他有解決辦法，但時間緊迫也只能相信他能做到了。閔博士坐到自己電腦前面，開始進入檔案庫，並給萬卡和小嵐示範取消重設指令的做法。

萬卡看了一會兒，便説：「可以了。」

萬卡説完，坐到一台電腦前，開始工作。

小嵐很興奮，目不轉睛地看着萬卡操作。

萬卡在最短的時間放出了幾百隻蠕蟲（電腦病毒），在網絡口試探着密碼。在萬卡操控下，幾百隻蠕蟲迅速變成了幾十萬隻，幾百萬隻。很快，密碼一個個被破了……

小嵐驚叫來：「萬卡哥哥，原來你還是個電腦天才！」

　　萬卡笑笑，他站起來，讓小嵐坐下，讓她按博士教的方法逐個去取消之前博士重設的指令，他自己就坐到另一部電腦前，開始工作。

　　三個人都在忘我地工作着，忘記了時間的流逝。到了半夜，閔博士起身去倒水喝時，在萬卡和小嵐工作的電腦前瞧了一眼，馬上震驚得張大嘴巴。天啊！這兩個傢伙，竟然真的破解了密碼，在一個接一個地取消重設指令！

　　博士激動得拿着杯子的手直抖，杯子裏的水都淌了些出來。天才，絕對是天才！這兩個人不能放走，一定要收為學生。

　　閔博士強按下激動又去工作了，他已經對在天亮時取消全部重設的指令充滿信心了。

　　真是皇天不負有心人，在三個人的努力下，到了早上七點多，之前閔博士重設的指令已被全部取消，危機解除了。

　　耶！閔博士高興得像個孩子一樣，跟萬卡和小嵐一一擊掌慶賀。

　　萬卡看了看手錶，七點二十五分，便說：「閔博士，我們得趕緊離開這裏，我想很快總統就會來了，他是來親自啟動那一千萬機械人的新指令，開始他們的『顛覆計劃』的。」

「我不走。」閔博士搖搖頭,「我就在這裏等陳方圓到來,我要親口質問他,幹嗎要做出這樣錯誤的決定。」

小嵐說:「博士伯伯,您不能留下來,總統已經變了,他是不會容忍您破壞他的計劃的,他會傷害您的!」

閔博士頑固地說:「不會,我跟他是多年的朋友,他是什麼人我很清楚。我想他只不過是一時糊塗罷了,我要罵醒他。」

小嵐和萬卡互相瞅瞅,心裏都在想,這閔博士真是個書呆子啊!竟然對陳方圓這樣一個大陰謀家大野心家抱有幻想。

「閔伯伯,總統用『迷糊一號』藥把您控制了兩年,還利用您製造機械人滿足他的野心和慾望,您覺得他還會把您當朋友嗎?他連親情也不顧,狠心把自己親生兒子關進監獄,您覺得他能對您網開一面嗎?」

「啊,陳方圓把方方關進監獄了?太過分了!」閔博士很吃驚。

小嵐走過去拉着閔博士的手:「博士伯伯,快走吧,我們先去圓圓家,你稍後可以在圓圓家跟總統通過影像傳訊見面的,到時您再跟他談好了。」

閔博士想想也好,便點頭答應了。

閔博士把自己那部電腦裝進手袋，便帶着萬卡和小嵐離開了。他本來就是這基地的主人，所以熟悉道路，也沒走小嵐他們進來那條路，而是坐電梯上去，用遙控打開了一扇門，走出了基地。

出去之後，那道門自動關上了，跟牆壁嚴密合縫，怪不得剛才小嵐和萬卡沒發現這道門。

出了基地，小嵐突然想起一件事，她着急地說：「糟了，我們的飛行器墜毀不能用了，怎麼回去呢？」

萬卡也愣了，是呀，基地離圓圓家千里迢迢，沒了飛行器，怎麼回去？

這時閔博士慢悠悠地說：「別急，我藏了一部飛行器在密林裏面，以備不時之需的。不過，兩年沒用了，也沒保養，不知道還能不能用。」

小嵐一聽好高興：「博士伯伯，飛行器在哪裏，我們趕快去找！」

「不用找，它會自己乖乖找來的。」閔博士慢吞吞地從背囊裏掏出一個遙控器，對着東邊方向一揿按鈕。

咦，沒動靜啊！小嵐不由得擔心起來，莫非飛行器真的因為缺乏保養，壞掉了。

閔博士說：「耐心點，它離這裏有點距離呢！」

過了一會兒，咦，有動靜了！聽着不遠處傳來輕微的「嗚嗚嗚」的聲音，閔博士臉上滿是喜色，說：「來

了來了！沒想到兩年沒進行保養，這傢伙還能飛！」

果然，不一會兒，就見到一個方形物體向這邊慢慢飛來。

萬卡抓住小嵐的手，兩人都鬆了一口氣。

飛行器穩穩地停在三人面前，萬卡見時間已是七點四十分，便說：「閔博士，我們快上飛行器吧，要不來不及走了。」

正在這時，聽到一陣蜂鳴音由遠而近，只見一台渾身黑色的飛行器飛快駛來，已經離基地很近了。是總統來了！

「黑鷹！」閔博士看着由遠而近的飛行器，說，「他們已經造出來了！」

「小嵐，快上飛行器！」萬卡一把將小嵐推上了飛行器。

萬卡接着伸手去扶閔博士，沒想到閔博士一把甩開他：「我不能走！」

小嵐和萬卡一齊焦急地問：「為什麼？」

閔博士指指天上的飛行器：「那是我設計的黑鷹，我知道它的性能，它的速度比眼前這飛行器快了一倍。」

他又對萬卡和小嵐說：「你們走吧！他們肯定已經發現我們了。如果我留下來，他們多數會放過你們，因

為在他們眼裏，我很重要；但如果我和你們一起走，那他們肯定會追來，而且一定會追上，那我們誰也走不了。」

小嵐急了：「但是，他們如果知道新指令已全部被取消，會對您不利的。」

閔博士說：「他們不敢輕易殺我的，放心吧！」

閔博士不由分說把萬卡推上飛行器，把門關上，又用遙控器把飛行器啟動了。

飛行器迅速升空。

「嘿……」閔博士朝天上揮手吶喊，吸引黑鷹裏的人的注意。

第 21 章　蘋果星榮譽公民

　　一小時後，萬卡和小嵐坐着閔博士的飛行器在圓圓家的後院降落。

　　「萬卡哥哥，小嵐姐姐，你們回來了！」曉星和圓圓像小鳥一樣飛了出來。

　　曉晴緊跟後面：「事情辦得怎樣了？」

　　小嵐做了個勝利的手勢。

　　五個人興高采烈地進了屋，曉星嚷嚷着：「我們要聽萬卡哥哥和小嵐姐姐講威士忌山歷險記！」

173

　　圓圓雀躍地跳着：「我也要聽！」

　　曉晴也眼巴巴地盯着小嵐和萬卡。

　　小嵐把尋找基地的過程，以及在基地裏怎樣和閔博士一起破壞了機械人的指令重設計劃，簡單地説了一遍。

　　「耶，萬卡哥哥和小嵐姐姐棒棒的！」曉星和圓圓兩眼直往外冒小星星和小紅心。

　　曉晴也花癡地看着萬卡和小嵐，這麼勇敢的兩個人，是自己的朋友耶！

　　小嵐卻在想閔博士：「博士伯伯不知現在怎樣了？」

　　小嵐看看萬卡，見到他也是一臉的凝重。

正在這時，聽到外面傳來尖銳的警報聲。小嵐和萬卡互相看了一眼，一齊起身朝外面奔去，曉晴曉星和圓圓也跟在他們後面跑。

他們很快就找到了警報聲發出的地方——就在那幢二十層大廈的天台上。

由於是唯一的一幢高樓，所以他們雖然相隔很遠一段距離，仍能看到天台上的情形——那上面有兩個人，一個站在天台邊上，一個站在稍裏面一點的地方，兩人看樣子像是在對峙着。

圓圓進屋拿來了一個望遠鏡，對着二十層大廈的天台望去，她驚叫起來：「啊，那兩個人是爸爸和閔伯伯！」

小嵐拿過望遠鏡一看，她清楚地看見，站在天台邊上的是挾着一部手提電腦的博士伯伯，離他五六米的地方，站着陳方圓總統。

「糟了，博士伯伯有危險了！萬卡哥哥，我們快去救人！」小嵐說完，把放在院子裏的自行車推過來。

萬卡接過自行車，說：「你坐後面，我載你去。」

「好！」

小嵐坐上車後座，萬卡迅速地跨上去，正要用勁去踩腳蹬，沒想到圓圓敏捷地一跳，坐到了自行車前面的橫杆上：「我也去！」

萬卡沒法，只好載着兩個女孩，使勁向前蹬去。

「等等我！」曉星不甘心被落下，他跑回屋裏找到另一部自行車，推出門口，就要飛車追上。

「喂，忘了姐姐我啦！」曉晴快跑幾步，跳上了車後座。

萬卡的車子很快到了大廈樓下，三個人找着電梯就衝進去。到按層數時，發現只到十九樓，沒法，也只好先上去了。

電梯到了十九樓，從電梯內一出來便聽到天台傳來說話聲：「閔博士，你快下來吧，你不能死。你說過會幫我的，我們是好朋友啊！」聽得出是總統陳方圓的聲音。

「我答應幫你製造高智能機械人，是為了發展蘋果星的科學技術，為了蘋果星更繁榮富強，為了讓人類的生活更幸福美滿。但現在你是利用我的科技發明來令機械人變得殘暴，變得兇狠，變成你控制人類、控制全宇宙的敢死隊，我怎可以再幫你！從現在起，我們不再是朋友了！」閔博士義正詞嚴。

「好，你不想當我朋友，我不勉強你。那我們做筆交易吧！只要你幫我完成夢想，成為宇宙霸主，我就把其中一個最富裕的星球送給你，讓你做星球之主。那麼你就可以做你想做的任何事，或享受富貴榮華，或專心

研究科學，反正你從此不愁吃穿，也不愁沒經費去做研究⋯⋯」總統在引誘着。

「想做宇宙霸主，你死了這條心吧！我不會如你所願的，我是個有良心的人類，不像你，良心給狗吃了，身為人類竟然殘害同胞！」

「閔博士，你敬酒不吃吃罰酒，你不怕我再讓你吃『迷糊一號』，讓你像個行屍走肉一樣，被我控制，生不如死嗎？」

「我不會被你控制的，我寧願從這二十樓跳下去，也不會讓你如願。」

「別跳！」總統大叫一聲。

這時小嵐三人已經跑上了天台。眼前的情景驚險萬分，總統和閔博士站在沒有圍欄的天台邊緣，兩人拉扯着，隨時有掉下去的可能。萬卡朝小嵐喊了一聲：「你們別走近！」然後就朝那兩人跑了過去。

正當萬卡朝他們伸出手，要把他們從危險邊緣拉回來的時候，意外發生了！總統一腳踩空，往下墜去，因他扯着閔博士的一隻袖子，所以也把閔博士帶下去了。萬卡急忙伸手一抓，抓住了閔博士一隻手。

「爸爸！」圓圓尖叫了一聲，就要撲過去。

「圓圓，危險！」小嵐趕緊抓住她的胳膊。

閔博士朝總統大喊：「陳方圓，抓緊我，別放

手！」

可是，話音未落，閔博士那隻袖子「刷」一聲斷了，隨着一聲怪叫，總統掉了下去。

「爸爸！」圓圓尖叫起來。

萬卡迅速把閔博士拉了上來，閔博士臉色慘白，嘴裏不住地説着：「天哪，天哪，他摔下去了。快下樓看看，看看他怎麼樣了！」

閔博士抱起哭叫着爸爸的圓圓，跑下天台。

總統雖然不是個好人，但畢竟是一條人命啊，何況他還是圓圓的爸爸、閔博士曾經的好朋友，所以小嵐和萬卡都忐忑不安，希望總統還有救。

一行人衝進十九樓的電梯，落到樓下時，卻聽到曉晴一聲接一聲的尖叫。大家跑了過去，只見曉晴和曉星站在總統落地位置的附近，曉晴臉色發白快要昏倒的樣子，而曉星則目瞪口呆地看着不遠處的什麼。

小嵐四個人順着曉星的目光看去，也登時石化──總統已經摔得稀巴爛，但那不是人類的身體，而是一大堆廢鐵和線路板……

機械人！總統竟然是機械人！

所有人都驚呆了！圓圓捂着嘴，呆若木雞。

過了好一會兒，閔博士才慢慢走向那堆東西，蹲下細心檢查。一會兒，他站了起來，抱住圓圓，説：「圓

圓，我們都錯怪你爸爸了！這個壞總統並不是你爸爸，它是我兩年前發明的『高智能一號』機械人。事情已經很清楚了，它利用我賦於它的高智商，苦心積累策劃了一個大陰謀，先是給自己製造了和你爸爸一模一樣的外殼，竊取了總統的身分。接着又炮製了所謂新法，扼殺人類智慧，大力扶植發展機械人，一步步實現它的宇宙霸主美夢⋯⋯」

聽着的人都驚訝萬分，怎麼也沒想到，這樣一個野心勃勃的傢伙，竟然是一個機械人！

圓圓流着眼淚，臉上卻笑開了花：「我就知道爸爸是好人，他不會做壞事的！閔伯伯，快幫忙找到我爸爸，把他救出來！」

「好，馬上！」「機械人之父」閔博士馬上大顯神威——他首先找來三十個戰鬥力最強的機械人，給它們設置指令，成立特別行動隊，去抓捕內閣那四個部長。

四名部長很快被抓來了，閔博士一檢查，發現他們全都是冒牌貨，都是機械人假冒的。閔博士很快讀出它們腦子裏的芯片，知道了它們這兩年來做過的所有壞事，當然也知道了總統以及四名部長的下落，原來他們全部被秘密囚禁了。

總統和四名內閣成員被救了出來，真正的陳方圓總統向全球人民公布了機械人「高智能一號」以及它的四

名幫兇的罪惡陰謀，宣布取消「新政」，撥亂反正，把蘋果星重新帶回正確的道路上。

陳方方等被關在監獄裏的十幾萬反對「新法」的人被全部釋放了，各種禁令被取消，人與人之間可以面對面握手言歡，親人們可以歡樂地住在同一屋簷下，人們可以從事自己喜歡的職業，學校裏又出現了琅琅讀書聲，大街上又有了商品齊全的熱鬧的商店……死氣沉沉的蘋果星「活」過來了！

只是那一千萬的機械人成了大問題，除了一部分用作家務助理，一部分用作人類不宜從事的工作外，大多數成了剩餘勞動力，不知怎樣安置。

後來還是小嵐給了一個好建議，讓一部分機械人建造一個全宇宙最大的主題樂園。這建議得到了圓圓以及蘋果星所有小朋友的支持，這是孩子們夢想中的歡樂世界啊！

還有一部分機械人可以作為勞工輸出，到其他星球工作，讓它們為宇宙人民服務。

小嵐的建議得到了蘋果星政府和經濟學家們的一致贊成，這是發展旅遊業和給政府庫房增加大量外滙儲備的一個極好途徑啊！

鑑於小嵐等人在挽救蘋果星、發展蘋果星方面作出的重大貢獻，總統陳方圓在星球人民代表大會上提出有

關授予馬小嵐等四人「蘋果星榮譽公民」的動議，並獲得全數通過。

一個月後，小嵐、萬卡、曉晴和曉星胸前掛着亮閃閃的榮譽公民勛章，和蘋果星的朋友們告別了。最依依不捨的是圓圓，她抱着小嵐，死活不讓她走。直到小嵐承諾，將來有機會再來看她，她才放了手。

為了避免不必要的麻煩，小嵐他們一直沒提來自五十年前的事，只說是從香蕉星球來的。免得那科學怪人閔博士不放他們離開，把他們當小白鼠一樣研究。

告別了蘋果星的朋友們，坐上了閔博士送給他們的飛行器，小嵐他們起飛了。看到送行的人漸漸變模糊了，不見了，小嵐對曉星說：「曉星，可以使用時空器，回到我們的年代了。」

吸足了陽光的時空器，已可以正常使用。曉星拿了出來，「嘀嘀嘀嘀」按着。

先按下五十年前的日期，又去按目的地。咦，糟了，像來的時候一樣，沒有選目的地的功能。他們這是回到過去啊，怎麼也不能選擇目的地呢？難道……難道去到未來之後再回去，同樣會有限制？

大家大眼瞪小眼。曉星說：「萬一不走運，到了五十年前的另一個平行宇宙，而那個平行宇宙有吃人族……」

　　曉晴抬起手：「死小孩，快閉上你的烏鴉嘴！」

　　曉星往旁邊一縮，想避開曉晴的魔掌，但手指卻不小心撳了時空器上的啟動按鈕。

　　頓時，時空器發出眩目的光，接着飛行器旋轉起來了，越轉越快、越轉越快，進入了一個藍色的旋渦中⋯⋯

　　究竟四個小伙伴有沒有中了曉星烏鴉嘴的招呢？

　　不要不要。讓我們都來為他們祈禱吧！

　　千萬要回到五十　莎努爾啊！實在不行，回到五十年前的地球也好。

　　老天爺爺，神仙姐姐，保佑保佑！